LE PRINCE DES MERS

BIOGRAPHIE

Petite fille, Lucy Daniels aimait beaucoup lire, et rêvait d'être écrivain. Aujourd'hui, elle vit à Londres avec sa famille et ses deux chats, Peter et Benjamin. Originaire de la région du Yorkshire, elle a toujours aimé la nature et les animaux, et s'échappe à la campagne dès qu'elle le peut.

ILLUSTRATIONS INTÉRIEURES : DAPHNÉ COLLIGNON

L'auteur remercie Lisa Tuttle.
Titre original :
Dancing the Seas
Dolphin Diaries est une marque de Working Partners
Limited, utilisée sous licence

Publié pour la première fois par Hodder Children's Books, Londres

Loi n°49-956 du 16 juillet 1949 sur les publications destinées à la jeunesse
Dépôt légal : octobre 2003
ISBN : 2 747 008 52 5

LE PRINCE DES MERS

LUCY DANIELS

TRADUIT DE L'ANGLAIS
PAR VÉRONIQUE FLEURQUIN

DEUXIÈME ÉDITION

BAYARD JEUNESSE

L'ÉQUIPAGE DE l'*ÉTOILE BLEUE*

Jessica McGrath a douze ans, et une grande passion : les dauphins. Elle tient un journal de bord, auquel elle confie ses pensées les plus secrètes.

Gina et **Craig McGrath,** les parents de Jessica, sont océanographes. Ils ont décidé de partir avec leurs enfants pour une expédition scientifique d'un an à bord de l'*Étoile bleue*.

Sean et **Jimmy McGrath** sont les frères de Jessica, des jumeaux rouquins. Ils font toujours des bêtises.

Harry Pierce est le capitaine du bateau. Il est divorcé, et doit s'occuper de sa fille, Brittany, qui a embarqué, sans que ce soit prévu, à bord de l'*Étoile bleue*.

Brittany Pierce est la fille du capitaine. Elle a treize ans, et un très mauvais caractère. Elle râle tout le temps.

Sam Tucker est le second du capitaine. Il a un petit faible pour Maddie.

Maddie est une jeune étudiante. Elle est l'assistante des McGrath, et également la préceptrice des enfants.

Docteur Jefferson Taylor est un chercheur un peu bizarre. Il a été imposé par la compagnie pétrolière qui a apporté des fonds pour l'expédition.

Mein Lin Zhong est une Chinoise, gracieuse et menue. Elle assure les fonctions de chef cuistot et de mécanicien.

Harry Pierce
Craig McGrath
Mein Lin Zhong
Gina McGrath
Docteur Jefferson Taylor
Jimmy McGrath
Sean McGrath
Sam Tucker
Brittany Pierce
Maddie
Jessica McGrath

1

Le 9 février, en milieu de matinée,
dans l'océan Pacifique

J'écris sur le pont supérieur de l'Étoile bleue. On vient de croiser une foule de dauphins, le groupe le plus important qu'on ait jamais vu! Surtout des dauphins-toupies, qui virevoltent dans l'air comme des acrobates de cirque. Avec les nouvelles jumelles que j'ai reçues pour Noël, j'en ai repéré un, encore plus agile *que les autres. Parmi eux se trouvaient aussi des thons et ça m'inquiète, car les dauphins risquent d'être pris dans les filets de pêcheurs. Papa a beau m'expliquer que les thoniers protègent nos amis, j'ai quand même peur pour eux.*

Par chance, aucun bateau en vue. Il y a d'ailleurs une éternité qu'on n'en a pas croisé. À vrai dire, en quatre semaines, on n'a pas vu âme qui vive. La mer, toujours la mer, immense et vide, avec juste un nuage dans le lointain. Ça crée une étrange sensation, comme si on était seuls au monde. J'ai du mal à imaginer que des gens vivent sur la terre ferme. C'est ce que devaient ressentir les navigateurs des temps anciens, quand ils voguaient vers l'inconnu, des mois durant...

Jessica laissa son esprit dériver, se remémorant les grandes étapes de leur mission. Ayant quitté la Floride cinq mois plus tôt, en juin, ils avaient traversé les Caraïbes, vogué au sud, jusqu'au Venezuela, puis emprunté le canal de Panama pour rejoindre le Pacifique. Noël avait été célébré sous une chaleur accablante avec, au menu du réveillon, des plats exotiques. Impossible de rôtir une dinde dans la cuisine étouffante !

Deux semaines plus tard, ils avaient franchi l'équateur, et les vivres commençaient à manquer. Mein Lin, leur adorable cuisinière, utilisait au mieux le peu que contenaient les étagères de sa cambuse. Jessica avait renoncé à tanner ses parents pour savoir quand ils retrouveraient la terre. Dans cet océan immense, les îles, minuscules et sauvages, jouaient à cache-cache avec eux. Harry – le capitaine – ne cessait de répéter que même un navigateur habile reste soumis aux caprices du vent et de la météo.

– Jessica ! cria sa mère. C'est l'heure de ton cours de maths !

La jeune fille travailla d'arrache-pied toute la matinée. Après les maths et l'histoire, elle rangea livres et cahiers pour libérer la salle à manger. Au menu : riz et haricots en boîte. Les jumeaux firent la grimace.

– Je pourrais avoir un sandwich ? supplia Jimmy.

Mein Lin sourit :

– Désolée, sans farine, impossible de faire du pain !

– Mets du ketchup sur tes haricots, c'est meilleur ! suggéra Sean, le jumeau de Jimmy.

– Mais pas aussi bon que des lasagnes ! gémit Brittany.

– Moi, ce qui me manque le plus, ce sont les fruits et la salade, avoua Gina McGrath.

– Ne les écoutez pas, Mein Lin, intervint le Dr Taylor. Vous vous débrouillez comme un chef, et votre cuisine reste un délice.

– Merci, c'est gentil à vous. Par chance, j'ai encore de quoi assaisonner le riz. Toutefois, ça ne va guère durer.

– Dès qu'on arrive dans un port, je dévalise une pâtisserie, décréta Jessica. Je pourrais dévorer dix éclairs au chocolat et un litre de sorbet.

– Bande de mauviettes ! grogna Craig McGrath, une lueur espiègle dans les yeux. Que le ciel soit loué pour l'invention des conserves. Voici deux cents ans, on se serait réjouis d'avoir à chaque repas de vieux biscuits infestés de charançons[1] !

– Oh, beurk ! se récria Jessica.

– Tu plaisantes ? Une bonne poignée de charançons constitue un mets idéal. Les insectes sont bourrés de protéines !

– Ravie de l'apprendre ! dit Gina avec malice. Tu vas adorer le festin que Mein Lin et moi avons prévu pour ton anniversaire !

Craig lui tira la langue, et tous éclatèrent de rire.

– Je monte remplacer Harry à la barre, annonça Sam Tucker, le second du capitaine.

– On peut t'accompagner ? lancèrent les jumeaux d'une seule voix en repoussant leurs assiettes.

---

1. Les charançons sont des insectes coléoptères nuisibles qui se nourrissent de graines, dont le blé. Autrefois, on en retrouvait dans les biscuits secs fabriqués avec une farine grossière.

– Sans problème !

Quand Harry se fut attablé, Mein Lin posa devant lui un bol de riz :

– Je te l'ai gardé au chaud, et j'y ai ajouté de cette sauce au piment dont tu raffoles.

À cet instant, un cri leur parvint depuis le pont. C'était la voix de Jimmy, relayée par celle de Sam :

– Terre en vue !

Tous se figèrent, excepté Harry, qui mangeait goulûment.

– C'est vrai, Papa ? le pressa Brittany.

Son père, la bouche pleine, hocha la tête. Jessica bondit dans la coursive, suivie par Brittany, Gina et Craig.

Aucun doute possible : la terre était en vue, droit devant. Ce que Jessica avait pris pour un nuage lointain se révélait être une île verte et montagneuse.

– Ce n'est pas trop tôt ! soupira la jeune fille.

– Hiva Oa, lança Sam, une des îles Marquises. On y est !

2

Tous les passagers se trouvaient sur le pont quand l'*Étoile bleue* pénétra dans la baie. Nul ne voulait manquer cet instant magique, tant désiré.

Jessica s'emplissait les yeux du spectacle des collines verdoyantes. Leurs cimes boisées étaient emmitouflées d'une légère brume. Une cascade dévalait gaiement une pente, étincelant au soleil comme une chaîne d'argent. Plus loin, des cocotiers longeaient un rivage rocheux. Ils empruntèrent un chenal étroit menant à un petit port où plusieurs bateaux étaient amarrés.

Une fois l'*Étoile bleue* à quai, Harry annonça :

– On doit présenter nos passeports à la gendarmerie et indiquer la durée de notre séjour. Je peux m'en charger seul si vous me confiez vos papiers.

Jessica, qui ne voyait qu'un phare perché sur un promontoire et une cabane en bois, devant laquelle était garé un vieux camion déglingué, demanda :

– Ce n'est pas ce bâtiment, tout de même ?

– Non. Le poste se trouve à Atuona, la ville principale de l'île. D'après mon guide, elle n'est qu'à trois kilomètres à pied.

– À pied ? gémit Gina. Je ne me vois pas marcher si longtemps aujourd'hui !

– Je t'accompagne, Harry, proposa Mein Lin. Il y a peut-être des boutiques. Sinon, l'équipage affamé risque de se mutiner.

Après un clin d'œil espiègle aux jumeaux, elle se mit en route.

Le 9 février, avant le dîner,
à Hiva Oa

Un vrai paradis! Les gens d'ici sont adorables; ils ne nous traitent pas comme des étrangers. Dès qu'ils croisent l'un de nous, ils sourient, montrant des dents très blanches dans leurs visages foncés. Hiva Oa fait partie des îles Marquises, dans l'archipel de la Polynésie française. Maddie a longuement discuté sur la plage avec un homme qui nous a offert du lait de coco à boire. C'était chouette! Il était couvert de tatouages, sur les bras et les jambes. Selon Maddie, le tatouage tient une grande place dans la culture polynésienne, et ceux des îles Marquises sont les plus célèbres. Quelques petites filles ont couru vers nous et nous ont donné des fleurs en signe de bienvenue. Elles ont gloussé quand j'ai bafouillé: « Oh, merci. C'est trop gentil! »

Il y a tant de choses à décrire que je ne sais par où commencer. Je m'y remettrai plus tard. Le dîner va être prêt dans une seconde ; j'en ai l'eau à la bouche. Mein Lin est rentrée de la ville avec une tonne de pain croustillant ; des cageots de fruits et du poisson frais pêché. Je sens qu'un festin nous attend...

Le lendemain, au petit déjeuner, ils mirent au point le programme de la journée. À l'odeur du café se mariait celle des croissants chauds.

– J'ai l'impression d'être au paradis ! soupira d'aise le Dr Taylor en tartinant son croissant de confiture de framboises. J'ai déjà repéré quelques oiseaux intéressants. Je pense consacrer la matinée à ma passion pour l'ornithologie. Pas d'objection ?

– Aucune, le rassura Craig. Nous méritons tous des vacances. Gina et moi envisageons d'emmener les jumeaux visiter l'île. Encore que je n'ai pas la moindre idée de ce qu'il y a à voir…

– Moi, si ! l'interrompit Maddie. La Polynésie me passionne depuis que je suis gamine. Toute ma vie, j'ai rêvé de venir ici – de découvrir les îles Marquises, Tahiti, Samoa, les îles Cook autrement que dans les livres. Et voilà que mon rêve se réalise !

Son enthousiasme enchanta Craig :

– Parfait ! Vous serez notre guide, d'accord ?

– J'adorerais !

Elle leur parla de ruines dans la jungle, là où vivaient autrefois diverses tribus, comme chez les Indiens d'Amérique.

– Il y a d'énormes structures de pierre, et des statues merveilleusement gravées, représentant les dieux polynésiens. J'aimerais beaucoup visiter l'un de ces sites.

– Ça semble en effet très excitant, s'emballa Gina. Si on y allait tout de suite ?

Une demi-heure plus tard, les McGrath, Maddie, Jessica et Brittany marchaient sur la route en terre qui s'éloignait du port. Le Dr Taylor, ses jumelles autour du cou et un livre à la main, avait emprunté une autre direction. Harry, Sam et Mein Lin étaient restés sur le voilier.

– On va marcher longtemps ? s'enquit Brittany.

Après tant de semaines passées en mer, tous avaient les jambes flageolantes.

– Ne t'inquiète pas ! gloussa Maddie. Tu te souviens de l'homme de la plage qui nous a offert du lait de coco ? Je lui ai parlé, et il se trouve qu'il possède un camion. Il se fait de l'argent de poche en servant de guide et de taxi aux touristes. Je l'ai donc réservé pour aujourd'hui, en le prévenant qu'on serait nombreux.

Comme pour confirmer ses dires, il y eut un ronflement de moteur. Une camionnette blanche découverte, de celles qui servent à transporter le bétail, apparut dans un nuage de poussière.

Jessica reconnut aussitôt le chauffeur : son short et sa chemise sans manches révélaient les tatouages sur sa peau bronzée. Des signes abstraits, à l'encre noire, en forme de vrilles.

Il leur sourit à tous et s'adressa à Maddie

dans sa langue. Celle-ci fit les présentations :

– Voici Namu. Il suggère qu'on aille visiter un ancien temple dans la jungle.

– Impeccable ! applaudit Craig. Je m'inscris pour m'installer sur la plate-forme arrière.

Les enfants le suivirent tandis que Gina et Maddie prenaient place dans la cabine avec Namu.

Le camion se mit en marche, secouant sans ménagement ses passagers. Les narines de Jessica palpitaient, titillées par la brise parfumée.

Bientôt, ils pénétrèrent dans la jungle verdoyante. L'air moite embaumait.

– Ça sent comme de la crème anglaise ! gloussa Sean.

– Ce doit être de la vanille sauvage, dit Craig. Mais je distingue aussi des effluves de menthe, de bananes, de fleurs… Mmmmm !

D'un buisson à l'autre, leur odorat captait des senteurs suaves. Dans la jungle paisible, seul le bruit du moteur brisait le silence. Quand la végétation se fit plus dense, le camion ralentit, puis s'arrêta.

– La route ne va pas plus loin, expliqua Namu. On continue à pied.

– Pendant le trajet, notre guide nous a raconté que la jungle était pleine de sentiers tracés par l'homme depuis des siècles, relata Maddie. Autrefois, chaque vallée était occupée par une tribu différente.

La petite troupe suivit Namu sur une piste étroite. Les arbres touffus tamisaient les rayons du soleil. Jessica songea à la forêt fluviale du Venezuela[1] : quelle différence entre les deux ! Même luxuriance, mais un air plus léger, qui charriait la senteur iodée de l'océan. Elle aperçut quelques oiseaux, seule présence animale.

Soudain, Namu s'arrêta et s'adressa à Maddie en agitant les bras. La jeune fille traduisit :

– Il dit que ce temple a été construit par ses ancêtres, il y a des siècles.

« Quel temple ? » se demanda Jessica. Elle scruta la verdure et finit par deviner la forme

---

1. Lire *Le fleuve enchanté*, le n° 506 de la série.

d'un gros bloc de pierre noire, envahi par des plantes grimpantes. S'approchant, elle vit qu'il s'agissait d'un mur écroulé. Tout autour se trouvaient d'autres dalles de pierre gravées – vestiges d'un édifice sans doute majestueux. Elle se pencha pour observer les motifs : un poisson, une tortue, et nombre de signes identiques aux tatouages de leur guide. Brittany lui donna un coup de coude :

– Oh, regarde ça !

Jessica se retourna et frissonna à la vue d'un petit homme dodu, accroupi dans les broussailles, qui la dévisageait fixement. Elle se détendit en constatant que ce n'était qu'une statue…

– Il s'agit d'un « tiki », lui expliqua Maddie. On en trouve partout en Polynésie. Ces statues sont plus ou moins imposantes. Elles sont sculptées dans la pierre, comme celle-ci, ou dans le bois.

Autour d'elle, Jessica découvrit d'autres tikis dissimulés dans la verdure. La plupart étaient de facture grossière, représentant des personnages obèses et effrayants. Les uns, plus petits que les jumeaux ; d'autres, de la taille de son père.

– Ça a dû être un endroit grandiose, souffla Gina.

– Même en ruine, ça reste impressionnant, acquiesça Craig.

Le 11 février, au petit matin,
Hiva Oa

La balade d'hier était si extraordinaire que j'ai rêvé de ruines toute la nuit. Selon Namu, il y a d'autres coins semblables à explorer. J'ai hâte de repartir dans la jungle, c'est si dépaysant ! On se croirait presque sur une autre planète. Maman nous a promis qu'on ferait aussi de la plongée : il y a des fonds fabuleux par ici. Pourvu qu'on rencontre des dauphins !

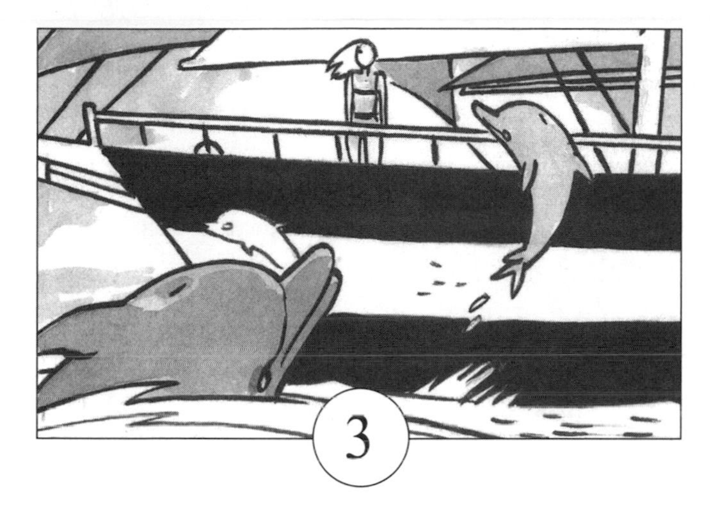

3

Éveillée à l'aube, Jessica écrivait dans sa couchette. Brittany était encore endormie. Une atmosphère particulière régnait dans la cabine. « C'est drôle, j'ai l'impression de flotter », songea la jeune fille. Puis elle reconnut le bruit des vagues qui frappaient la coque… « Attends, l'*Étoile bleue* aurait repris le large ? Ce n'est pas possible ! On devait rester ici une semaine ! »

Elle s'habilla en hâte et monta sur le pont, où Harry se trouvait à la barre – seul.

Il lui sourit :

– Tu es bien matinale !

Jessica vit les collines de l'île dans le lointain.

– Quel dommage qu'on parte déjà, se lamenta-t-elle. Il y avait tant de choses à voir !

– Pas ravie de retrouver le roulis, hein ? T'inquiète ! Dans quelques petites heures, on accoste sur l'île de Nuku Hiva.

– Mais pourquoi ?

– Un scientifique français qui étudie les dauphins se trouve là-bas. Tes parents souhaitent faire sa connaissance. On y passera la semaine.

Rassurée, Jessica décida d'aller prendre son petit déjeuner.

Plus tard, le 11 février

En route pour Nuku Hiva, on vient de croiser une bande de dauphins. Je me demande si ce sont les mêmes que l'autre jour... J'ai remarqué un dauphin-toupie qui ressemblait beaucoup à mon acrobate préféré. S'ils s'approchent de l'Étoile bleue, je vais essayer de repérer une marque distinctive qui me permettrait de l'identifier. Ça m'a l'air d'être un drôle de numéro! J'adorerais nager avec lui. Quoique, pour les virevoltes, je ne sois pas à la hauteur... Si j'avais su, j'aurais fait un stage dans un cirque avant notre départ de Floride!

Jessica échangea son journal contre ses puissantes jumelles. L'*Étoile bleue*, toutes voiles dehors, filait à vive allure, devançant les dauphins. Elle gagna la poupe, où elle aperçut une douzaine de dauphins-toupies qui fonçaient vers le voilier. Ils se mirent à surfer comme des fous dans son sillage. Ce spectacle émerveillait toujours la jeune fille. Elle héla ses parents pour les prévenir et se pencha pour ne rien perdre du spectacle.

Les dauphins se bousculaient pour avoir la meilleure place, à la crête de la vague. Ils poussaient des cris de joie et se parlaient dans une ambiance de cour de récré. Le visage éclaboussé d'embruns, les cheveux volant au vent, Jessica se plaisait à imaginer qu'elle se trouvait parmi eux – nageant, sautant, volant presque.

Un des acrobates s'approcha tout près de la coque du bateau. Plus gros que les autres, il semblait aussi plus vif, rapide et vigoureux. D'une flexion de la queue, puis d'une torsion du corps, il chassa un à un ses rivaux. À chaque victoire, il poussait un cri guttural, comme pour dire : « Espèce de petit minable, comment oses-tu te mesurer à moi ? »

Une fois seul en piste, il commença à bondir de plus en plus haut, exécutant des pirouettes.

– Une… deux… trois… quatre… cinq ! compta Jessica.

Elle ajusta ses jumelles pour être prête quand le virtuose, qui venait de plonger, resurgirait. Elle faillit reculer au moment où il émergea, tant il semblait proche. Vu d'aussi près, il paraissait plus âgé. Son épiderme gris foncé présentait de nombreuses cicatrices, des lignes plus pâles. L'attention de Jessica se focalisa sur la nageoire dorsale, qui portait une cicatrice en spirale, rappelant les tatouages de Namu.

Abandonnant ses jumelles, elle reprit son journal afin de dessiner un croquis sur le vif. Le temps qu'elle finisse, elle s'aperçut que les dauphins, lassés de leurs ébats, s'éloignaient de l'*Étoile bleue*. Son acrobate fut le dernier à partir. Juste avant, elle le regarda droit dans les yeux, désireuse qu'il la reconnaisse au cas où... Puis elle descendit sur le pont inférieur, d'où ses parents avaient aussi profité du spectacle. Sa mère tenait sa caméra à la main.

– Tu as filmé ce numéro ? demanda Jessica.

– Et comment ! Merci de nous avoir prévenus.

– Oh là, j'ai l'impression que nous ne sommes pas les seuls ! fit soudain Craig.

– C'est-à-dire ?

– Tu vois ce thonier, là-bas ?

L'estomac noué, Jessica reprit ses

jumelles et repéra le bateau : deux embarcations plus légères s'en éloignaient. Elle se tourna vers son père :

– Que se passe-t-il, à ton avis ?

– Les pêcheurs utilisent des hors-bord pour pister les dauphins, les encercler et les rameuter près du thonier.

– C'est le principe du chien de berger, qui rassemble les troupeaux de moutons, expliqua Gina. Mais ne t'inquiète pas ; ils ne leur veulent aucun mal.

– Tu veux dire que les thons vont suivre les dauphins, pensant que ceux-ci ont détecté un banc de poissons, et que les pêcheurs pourront alors jeter leurs filets ?

– Exact, confirma Craig. N'oublie pas que les dauphins doivent émerger à la surface pour respirer. Pas les thons. L'idée consiste à jeter le filet en profondeur afin d'attraper les thons. Ensuite, on le hisse à bord en laissant s'échapper les dauphins...

– Oui, mais ceux qui sont au fond ? Ils risquent de paniquer et de s'empêtrer dans les mailles.

– Eh bien, si le pêcheur est du genre respectueux de la vie sauvage, il aura tout prévu. Des plongeurs guideront les dauphins vers des espèces d'issues de secours et les libéreront. En outre, les filets actuels ont un maillage spécial, dans lequel nos amis ne risquent rien.

– Comment savoir si ce thonier appartient à la catégorie des « gentils pêcheurs » ?

– Utilise tes jumelles et observe le pavillon. Plusieurs pays, dont les États-Unis, ont adhéré à cette procédure amicale…

Jessica fit le point :

– Son nom est *Zelda*. Et… oh, génial, ils battent pavillon américain !

De loin, Nuku Hiva apparaissait comme une autre île montagneuse et verdoyante. En revanche, le port se révéla bondé et bruyant.

– Aïe, ce n'est pas le paradis ! grogna Harry en louvoyant pour chercher une place.

– Beurk ! fit Jessica. Regardez l'eau, elle est si sale qu'elle mousse.

– J'ai mal au cœur, gémit Brittany.

– Moi aussi, avoua Gina. Harry, pourquoi ne pas jeter l'ancre dans un lieu plus accueillant ?

– Tout à fait d'accord, sauf que j'ignore où…

– Moi, je sais ! Anaho, lança Maddie.

Tous la dévisagèrent, étonnés. Elle reprit :

– C'est la baie où Robert Stevenson a ancré son bateau quand il visitait les îles Marquises. Ses descriptions sont magiques !

– Le Stevenson de *L'île au trésor* ? fit Sean, les yeux brillants.

– Exact !

– Hourra ! s'écria Jimmy. On va peut-être découvrir un trésor !

– Ma foi, conclut Harry, si Stevenson a apprécié ce coin, ça me va aussi. Filons d'ici !

4

La côte était rocheuse, émaillée de falaises, avec ici et là des criques étroites, débouchant sur des baies abritées. Sam pointa sur la carte la baie d'Anaho, et Harry modifia son cap en conséquence.

Accoudée au bastingage, Jessica jouissait de la brise. Elle fut la première à repérer les dauphins.

– Hé, on a de la compagnie, cria-t-elle à la cantonade.

Le meneur de la bande lui parut familier. Attrapant ses jumelles, Jessica fit le point sur sa nageoire dorsale et repéra la cicatrice en spirale :

– Ce sont les mêmes ! Ils sont revenus nous voir !

– Tu en es sûre ? fit Gina.

– Certaine. Je reconnais la marque distinctive de celui-ci. Il faut que je lui trouve un nom. À votre avis, c'est un mâle ou une femelle ?

– Un mâle, répondit Gina, comme tous les autres.

– À quoi tu vois ça ?

– Le dauphin-toupie a une particularité, expliqua Craig. Les mâles développent ce qu'on appelle une « quille » – un renflement au-dessous de la queue. Les delphineaux et les femelles n'en ont pas. Regarde attentivement quand ils sautent.

Jessica fixa de nouveau le meneur. Elle n'eut pas à attendre longtemps. Le bouillant dauphin bondit, et elle aperçut sa bosse caractéristique. Elle observa les autres. Sa mère avait raison : c'étaient tous des mâles.

– Pourquoi nous suivent-ils ? s'interrogea Gina.

– Tu connais la réponse, dit Craig en riant. Ils ont entendu parler de ta fille. Jessica, la charmeuse de dauphins, est célèbre sur leur site Internet. Ils espèrent obtenir un autographe d'elle !

– Oh, Papa, arrête de me taquiner !

Jessica rougit de plaisir et se pencha pour que les embruns rafraîchissent ses joues brûlantes. Alors, le meneur exécuta un bond prodigieux. Un instant, ils se regardèrent les yeux dans les yeux. Puis le festival de pirouettes commença.

– Un... deux... trois..., comptait Gina.

Un déclic se produisit dans le cerveau de la jeune fille :

– J'ai trouvé ! Je vais l'appeler Étoile, comme un danseur étoile.

– Super ! applaudit Brittany. Le dernier delphineau que j'ai baptisé s'appelle Dragée. On respecte l'ordre alphabétique.

Les dauphins les suivirent dans la crique en surfant gaiement. Quand Harry contourna un banc de sable, ils s'éloignèrent soudain, filant droit sur la baie. Jessica reprit ses jumelles et cria :

– Oh, voyez-moi ça !

La baie fourmillait de dauphins. Par centaines, des femelles, des delphineaux, des adultes bondissaient en tous sens. L'équipage au grand complet se rassembla sur le pont, éberlué.

– Que me conseillez-vous, Craig ? demanda Harry, soucieux. Faire demi-tour ? Notre présence risque de les déranger…

– Oh, non, je veux rester ! gémit Jessica. C'est trop beau !

Son père adressa un clin d'œil complice au capitaine :

– Ça devrait aller, Harry. Il suffit de ne pas utiliser le moteur. Il y a ici de la place pour tout le monde, s'ils souhaitent se tenir à l'écart.

Les dauphins ne semblèrent pas inquiets quand l'*Étoile bleue* glissa au ralenti sur les eaux limpides. Certains s'approchèrent, curieux. La plupart poursuivirent leurs jeux sans accorder la moindre attention aux intrus.

Sam et Harry affalèrent les voiles. Jessica vit Étoile revenir vers eux, comme pour leur souhaiter la bienvenue. Il exécuta son numéro de voltige. Prête à filmer, Gina rit :

– Quelle star ! Sa virtuosité est prodigieuse ! Je n'imaginais pas qu'un dauphin-toupie puisse faire autant de pirouettes. Il n'a même pas l'air fatigué !

– Il est génial, hein ? lança Jessica.

– Incroyable ! renchérit Brittany, éblouie elle aussi.

Quand l'obscurité descendit sur les flots, les dauphins-toupies se calmèrent et repartirent vers le large.

– J'ai intérêt à regagner ma cuisine ! fit Mein Lin.

Jessica fut la dernière à quitter le pont. Elle regarda Étoile, qui nageait lentement en rond, faisant durer le plaisir. « À moins, songea la jeune fille, qu'il vérifie s'il ne reste plus de bébé en rade. » Une fois la nuit tombée, il revint vers le voilier, se positionna en face de la jeune fille, puis bondit et virevolta.

– Un… deux… trois…

Ça ressemblait à un au revoir. Après une ultime pirouette, Étoile alla rejoindre les autres.

Le 12 février,
après le petit déjeuner

Pas de dauphins en vue ce matin. Je suppose qu'ils ont leurs petites habitudes et ne reviendront que dans l'après-midi. Papa et maman ont rendez-vous avec le chercheur français, le Dr Olivier Serval. Sam a proposé de les y mener avec le voilier afin qu'Harry se repose. Après les cours, on va gagner la terre en utilisant le canot pneumatique. J'ai hâte de nager dans cette eau si transparente! On voit les poissons évoluer au fond. Cet endroit est magique!

En fin de matinée, Sam était prêt à appareiller. Tandis que Harry gonflait le canot,

Jessica fila dans sa cabine rassembler ses affaires : maillot, crème solaire, un livre et son journal.

– Je compte sur toi pour surveiller les jumeaux, lui dit sa mère. Harry a bien mérité sa journée de farniente au soleil. Empêche ces diablotins de le tarabuster, OK ?

– Promis ! Au besoin, Maddie me donnera un coup de main !

– Non, on l'emmène, comme interprète. Mein Lin vient aussi avec nous. Elle veut explorer les marchés de la ville.

Le capitaine tonna :

– Embarquement immédiat pour la plage !

– Vite, je file...

– Passe une bonne journée, ma puce. Et ouvre l'œil sur nos dauphins !

– Les deux yeux, tu veux dire !

5

Sam fit descendre le dinghy à l'eau, et Harry se mit à ramer vers le rivage tandis que l'*Étoile bleue* sortait de la baie. Le canot accosta la plage en un rien de temps.

– Alors, le programme ? s'enquit Harry. Balade à pied, sieste ou natation ?

– On veut nager ! hurlèrent les jumeaux à l'unisson.

– Pareil pour moi, approuva Jessica, aussitôt imitée par Brittany.

Tous avaient reçu des tubas neufs à Noël. Ce serait parfait dans ces eaux limpides, calmes et peu profondes. Jessica se coula la première sous la surface, et se trouva nez à nez avec un animal translucide, couleur sable foncé, muni de huit bras longs qui s'agitaient doucement : une pieuvre !

À la vue de la jeune fille, la pieuvre étira ses tentacules. Elle leva la tête, qui paraissait énorme. Son corps devint plus foncé.

Jessica ne bougea pas. Si le gros poulpe se sentait menacé, il risquait de l'attaquer. Son bec curieux, qui faisait songer à celui d'un perroquet, était capable d'infliger de cruelles morsures. Au bout de longues minutes, la pieuvre s'en alla nager plus loin.

Jessica remonta à la surface juste à temps pour entendre Brittany pousser un cri perçant.

– Qu'y a-t-il, ma chérie ? s'inquiéta Harry en se précipitant vers sa fille.

Celle-ci, pâle comme un fantôme, tremblait de tous ses membres :

– Ce truc énorme m'a... il... il a foncé sur moi ! J'ai bien cru qu'il voulait m'attraper avec ses ailes !

« Des ailes ? Dans l'eau ? » s'étonna Jessica.

– Je le vois, il est là ! hurla Sean, le doigt pointé.

– C'est une raie géante ! précisa Jimmy.

Jessica la repéra aussi et comprit la frayeur de Brittany. Le poisson noir et blanc mesurait plus de six mètres de large et au moins cinq mètres de long. Plat, tétragonal, avec deux « ailes » monstrueuses qui battaient l'eau. Il avait une longue queue en forme de fouet et deux espèces de cornes sur la tête, qui lui donnaient une apparence démoniaque.

– Au secours ! cria Brittany quand la raie les dépassa.

– Calme-toi, ma chérie. Elle ne te fera aucun mal. Les raies se nourrissent de plancton. D'ailleurs, en ce moment, celle-ci est en train de manger. Regarde, elle se déplace en cercle dans l'eau pour filtrer le plancton entre ses ouïes.

– Alors, on peut s'approcher pour voir comment elle s'y prend ? demanda Jimmy.

– Et si elle te fouette de sa queue? souffla Brittany, toujours paniquée.

– Non, ce poisson n'est pas agressif du tout! répondit Harry.

– Donc, on y va? lança Jimmy.

– Si vous voulez, mais pas trop près, quand même!

Jessica, curieuse, nagea dans le sillage des jumeaux. C'était rigolo de voir l'étrange créature, la bouche grande ouverte, foncer en piqué, aspirer l'eau et filtrer sa nourriture avant de l'engloutir. Pour une fois, les jumeaux, fascinés, se tenaient tranquilles. Rassurée sur leur sort, elle décida de poursuivre son exploration de la vie sous-marine.

Le 12 février, après le pique-nique, sur la plage

À part ces petites pestes de mouches qui piquent : on les appelle ici des naos-naos : c'est le paradis! Les jumeaux courent comme des fous pour leur échapper. Quant à moi, j'ai tant mangé que je suis incapable de bouger!

J'espère que les dauphins-toupies vont revenir, Étoile surtout. On nagerait tous les deux, et on apprendrait à mieux se connaître. Je sens qu'il existe un lien spécial entre nous. Il me rappelle Anatole, mon premier ami dauphin[1]. Je n'oublierai jamais le jour où il m'a sauvé la vie en me portant sur son dos...

J'ai fait un croquis de la raie. Les jumeaux ont parlé d'elle pendant tout le déjeuner. Ils l'ont surnommée Démon. Harry a éclaté de rire: figurez-vous que le surnom de cette espèce est « poisson-démon »!

---

1. Voir *Une belle amitié*, le n° 501 de la série.

6

Après avoir digéré leur repas, les enfants retournèrent nager. Ils se séchaient au soleil quand l'*Étoile bleue* pénétra dans la baie. Tous sautèrent dans le dinghy, et Harry se mit à ramer avec vigueur, avançant vers le bateau. Jessica eut la surprise d'apercevoir deux étrangers sur le pont – un homme et une femme. Celle-ci, très belle et bronzée, avait piqué une fleur dans ses longs cheveux bruns. L'homme, au visage rond et jovial, portait un T-shirt de l'université du Texas. Il ne s'agissait donc pas du scientifique français auquel ses parents avaient rendu visite. Qui était-ce, alors ?

Dès que le canot fut hissé à bord, Sam, tout sourire, la renseigna :

– Voici mon ami Lewis Alberts ; on était inséparables au lycée. Et sa fiancée, Monique. Je n'en ai pas cru mes yeux quand j'ai croisé Lew sur l'île de Nuku Hiva, à des milliers de kilomètres de chez lui !

– Et moi donc ! dit Lewis en riant. Le monde est petit. Je vous en prie, appelez-moi Lew.

– Je les ai invités à dîner sur le voilier. Jessica, tes parents pensent que tu seras contente de bavarder avec eux.

– Moi ? Pourquoi ?

– Tu n'as pas une petite idée ? la taquina Sam.

– Monique et moi sommes plongeurs professionnels. En ce moment, on est engagés par le thonier *Zelda*. Notre tâche consiste à veiller sur les dauphins quand les pêcheurs jettent leurs filets.

– Oh, super ! s'écria Jessica. Vous les aidez à se dégager des filets ?

– Exact ! Je fais partie de l'équipage. Le capitaine, Gus Franklin, est un des hommes les plus responsables que j'aie rencontrés. Il ne part jamais en campagne de pêche sans plongeurs. Grâce à Monique, on a recruté des renforts locaux. La tâche est trop lourde pour deux personnes !

– À ce point ? s'étonna Brittany.

– Les filets sont énormes ; ils s'étirent sur plus d'un kilomètre. Comme les dauphins se déplacent en bandes, il n'est pas rare qu'une bonne centaine d'entre eux soit prise avec les thons.

À cet instant, Gina et Maddie apparurent, portant des plateaux :

– Apéritif pour tout le monde ! lança Maddie. Bière pour les hommes…

– Thé glacé à la menthe pour nous, dit Gina. Un cadeau de Monique.

Jessica prit avec gratitude le verre qu'on lui tendait.

– La coutume locale veut plutôt qu'on

offre des fleurs, expliqua cette dernière. Je me suis dit qu'après des semaines en mer, vous apprécieriez une boisson fraîche.

– Mein Lin était aux anges, ajouta Craig. D'ailleurs, vous en jugerez quand le dîner sera prêt ! En attendant, racontez-nous en détail comment fonctionne un thonier respectueux des dauphins.

– Eh bien, il existe diverses méthodes. Gus Franklin utilise celle de l'encerclement, au cours duquel les dauphins et les thons se mélangent. Sauf qu'il jette son filet très profond afin que les dauphins s'échappent plus facilement. Nous avons des « sorties de secours », et le maillage est si fin que nos amis ne risquent pas que leur bec ou une nageoire s'y enchevêtre.

– Le filet ne se déchire jamais ? voulut savoir Gina.

– Si, acquiesça Lew, ça peut arriver. On utilise alors un système astucieux, nommé ortza, une sorte de gros crochet fixé au bateau. En cas de besoin, le capitaine jette le crochet à la mer. Celui-ci agit comme une clé qui ouvre le piège du filet, libérant toute la prise – dauphins et poissons…

– À propos de dauphins…, dit Gina, qui observait les flots.

Jessica suivit le regard de sa mère :

– Hourra ! Ils sont de retour !

Ainsi, cette baie est une de leurs aires de jeux, s'écria Monique. Il y en a beaucoup dans les parages qu'ils ont choisies pour s'y ébattre.

Jessica se pencha. L'eau, si tranquille auparavant, n'était plus que jets d'écume, résonnant de sifflements et de cris de joie. La plupart des dauphins nageaient en surface ; certains sautaient et pivotaient en l'air. La jeune fille chercha celui qui sautait le plus haut. Son cœur fit un bond : bien qu'il soit trop loin pour qu'elle puisse distinguer sa marque, Étoile était bien là, ça ne faisait aucun doute. D'ailleurs, il fonçait droit vers eux.

– Étoile ? appela-t-elle.

L'acrobate répondit par une pirouette, assortie d'un jacassement exubérant.

Gina éclata de rire :

– Ton nouvel ami semble heureux de te retrouver !

– Puis-je nager avec lui ?

– S'il est d'accord ! Tiens, je vais venir avec toi. Laisse-moi juste le temps d'aller chercher ma caméra.

– Nous aussi ! hurlèrent les jumeaux.

– Entendu, acquiesça leur mère.

Jessica s'adressa à Brittany :

– Et toi ?

La jeune fille hésita, puis secoua la tête :

– Non, j'ai assez nagé pour aujourd'hui.

– Craig ? fit Gina.

– J'adorerais, mais je viens de boire une bière. Ce n'est pas très recommandé avant de jouer au sous-marin… Dommage !

– Moi, je cours me changer et j'arrive, annonça Maddie.

Quelques instants plus tard, Jessica plongeait. Dès qu'elle remonta à la surface, elle chercha Étoile. Mais elle n'était entourée que de dauphins paresseux, qui nageaient à la queue leu leu sans s'intéresser à leurs visiteurs. Elle leva les yeux vers l'*Étoile bleue,* juste à temps pour voir une fine silhouette brune exécuter un plongeon gracieux. Deux secondes plus tard, la tête de Monique émergea.

– Coucou, Jessica !

– Coucou, Monique, répondit la jeune fille, un peu intimidée.

– Je crois qu'on est pareilles, toi et moi. Je ne manque jamais une occasion de nager avec le *te ariki o te moana*.

– Ça veut dire quoi ?

– C'est le surnom qu'on donne aux dauphins par ici. Ça signifie : « le prince des mers ». Le terme exact est *tapora*, mais nous autres, Polynésiens, apprécions les expressions imagées.

– Avez-vous un ami-dauphin particulier ? Par exemple, un de ceux que vous auriez délivrés d'un filet ?

– Ce sont des animaux sauvages. J'en ai libéré beaucoup. Quant à les apprivoiser... c'est une autre histoire !

Désappointée, Jessica reprit :

– Vous ne croyez pas à l'amitié entre dauphins et êtres humains ?

– On m'a raconté que des animaux marins avaient sauvé des gens en difficulté. Ce sont des choses qui arrivent, sans qu'on puisse expliquer pourquoi… Mais tu dois en savoir plus long que moi, là-dessus. Je te laisse, je vais nager !

Jessica la regarda s'éloigner. Percevant du bruit dans son dos, elle se retourna, s'attendant à voir sa mère. Mais le nouvel arrivant avait des nageoires, dont une portait une cicatrice en spirale.

Wooosh !

La tête d'Étoile creva la surface. Le dauphin regarda Jessica du coin de l'œil. Le cœur de la jeune fille s'emballa. Elle résista à l'envie de le caresser, sachant que tous les dauphins n'apprécient pas les câlins. Les bras le long du corps, elle attendit.

Étoile nagea en cercle autour d'elle, en profondeur. Puis il bondit, pivota, replongea, l'aspergeant abondamment. Le temps qu'elle s'essuie les yeux, il recommençait.

– À quoi tu joues ? s'écria-t-elle, amusée.

– Il veut te montrer comment il s'y prend, fit la voix, toute proche, de sa mère.

– Tu rigoles ?

– Non, vérifie toi-même. Il ne pivote qu'une fois. C'est ainsi que les femelles apprennent le mouvement à leurs petits.

Jessica se tourna vers Étoile. Sa mère aurait-elle vu juste ? Soudain, il lui vint une idée :

– Je ne peux pas t'imiter, mais laisse-moi une minute...

Elle gagna l'échelle du voilier.

– Tu n'es pas restée longtemps ! s'étonna son père.

– Attends, ce n'est pas fini. Regarde !

Debout sur le bastingage, Jessica se souvint du plongeoir de la piscine en Floride. L'été, sa meilleure amie, Lindsay, et elle se défiaient en exécutant des doubles ou triples sauts périlleux, avant et arrière. Ici, la hauteur était moindre, et elle n'avait pas de planche où rebondir. Elle espérait réussir au moins un saut.

« Pourvu qu'Étoile soit encore dans les parages ! »

Bloquant sa respiration, elle s'élança et tourna une fois, deux fois, avant de toucher l'eau. Les jumeaux applaudirent quand elle réapparut, imités par ceux qui se tenaient sur le pont. Mais ces bravos l'intéressaient moins que la réaction d'Étoile. Elle le chercha des yeux : il hocha la tête et poussa un cri perçant. Pas de doute : c'était exactement ce qu'il attendait d'elle…

7

Le repas de Mein Lin était si succulent, grâce aux produits locaux fournis par Monique, que les passagers se jetèrent dessus. La conversation ne s'engagea vraiment qu'une fois les estomacs bien remplis.

Lew et Monique interrogèrent les McGrath sur leur projet Planète Cétacés, et ceux-ci ne se firent pas prier.

– Tu es un sacré veinard, lança Lew à Sam. Tu mènes la vie de château !

– Ma foi, tu n'as pas l'air trop malheureux non plus. On travaille tous les deux sur un bateau. Notre vieux rêve s'est réalisé.

– Et vous, Monique, s'enquit Gina, comment en êtes-vous venue à la plongée ?

– Oh, je nageais avant de savoir marcher ! Autrefois, les femmes d'ici n'avaient pas le droit d'utiliser un canoë. Allez savoir pourquoi, c'était tabou ! Donc, elles nageaient et plongeaient bien avant l'invention des équipements actuels. Comme on dit, je suis tombée toute petite dans la marmite de l'océan Pacifique.

– Vous appartenez à l'équipage du *Zelda* ? s'enquit Craig.

– Oh non !

– L'équipage se compose de dix-neuf hommes, précisa Lew. Je suis le seul plongeur professionnel. Le capitaine en engage d'autres sur place, au fur et à mesure de ses campagnes de pêche. Cette fois-ci, j'ai eu le bonheur de tomber sur cette ravissante jeune fille !

Il sourit tendrement à sa dulcinée, qui lui rendit son sourire avant de se tourner vers Jessica :

– Tu rencontreras mes amis demain, à condition que tu te lèves tôt.

– Ah bon ?

– Monique et Lew vont dormir à bord, expliqua Sam.

– Et nos amis Jules et François passent nous prendre aux aurores. On doit explorer des grottes.

– Des grottes sous-marines ? s'exclama Jessica.

– Oui. Il y en a beaucoup autour de Nuku Hiva. Je veux montrer à Lew celle de l'île d'Ekamako.

Jessica s'adressa à son père d'un ton pressant :

– Oh, Papa, je pourrais explorer une grotte avant qu'on quitte ces lieux ?

– Moi aussi, j'adorerais ça ! s'écria Brittany.

– Il s'agit d'une expérience différente, commença Gina. Un peu comme la spéléologie… Il vous faudrait un guide…

– Monique est guide, intervint Lew. Elle connaît ces eaux comme sa poche. Pourquoi ne pas tous vous joindre à nous ?

– Oh oui, s'il vous plaît ! supplièrent les deux filles.

– Demain, c'est impossible, je regrette, fit Gina. Nous devons retourner voir notre ami français. Le Dr Serval est un as en ce qui concerne les dauphins, mais il n'y connaît rien en nouvelles technologies. Il compte sur nous pour l'aider à créer son propre site web.

– Un autre jour, peut-être ? enchaîna Craig.

– Ce serait volontiers, répondit Monique. Hélas, après-demain, on reprend le boulot. On va être pris toute la semaine.

– D'ici là, on sera partis ! C'est trop injuste ! explosa Brittany.

Touché par la déception des filles, Lew intervint :

– Jessica et Brittany sont-elles des plongeuses confirmées ?

– Oui, admit Gina, mais elles sont très jeunes…

– J'étais instructeur de plongée en Floride, expliqua Lew. J'ai l'habitude d'accompagner des novices.

– Moi aussi, le relaya Monique. J'enseigne à l'école de plongée locale. Nous sommes tous deux qualifiés, je vous assure. Nos amis aussi. Je connais bien cette grotte. Elle est peu profonde, et nous avons l'équipement adéquat. Jessica et Brittany ne risquent rien… si vous acceptez de nous les confier, bien sûr !

Gina, Craig et Harry se consultèrent du regard.

– Tu as vraiment très envie d'y aller ? demanda ce dernier à sa fille.

– J'en meurs d'envie !

– Alors, décida Gina, c'est entendu. Monique est très persuasive !

Folles de joie, Jessica et Brittany sautèrent au cou de leurs parents.

Le 12 février au soir,
dans ma couchette

Je suis si excitée que je n'arrive pas à dormir. Brittany et moi, on a bavardé pendant des heures en se demandant à quoi peut ressembler cette grotte. Quel genre de créatures y vit, mystère! Zut, maman menace de changer d'avis si je ne ferme pas l'œil dans la seconde qui suit...

8

Il était si tôt que Jessica manquait d'appétit. Sa mère insista pour qu'elle mange :

– Vous devez prendre des forces ! Pas question de souffrir d'hypoglycémie, ni d'un coup de pompe, sous l'eau.

– OK, alors jus d'orange et corn-flakes. Ça ira ?

– C'est mieux que rien…

Elles finissaient leur bol de céréales quand Lew apparut :

– Vous avez tout ce qu'il vous faut ?

Jessica lui sourit :

– On est fin prêtes depuis hier !

– Et voici des vivres, annonça Mein Lin en leur tendant un sac isolant. De quoi vous restaurer à l'heure du déjeuner.

Jessica embrassa Mein Lin et sa mère.

– Profites-en bien, dit cette dernière, mais sois prudente et veille sur ta camarade.

– Ne vous inquiétez pas : je me charge de tout ! la rassura Monique.

Au même moment, ils entendirent un hors-bord approcher.

– Ils arrivent ! s'écria Brittany. Allons-y !

Elles se ruèrent sur le pont et virent le bateau arrêté contre la coque de l'*Étoile bleue*. Les deux hommes à bord, jeunes, se ressemblaient comme des frères dans leur combinaison de plongée.

– *Ia orana* !

– *Ia orana* ! répéta Lew.

Il traduisit à l'usage des filles :

– Ça signifie « bonjour ».

Jessica et Brittany, un peu intimidées, rendirent le salut dans la langue locale, ce qui leur valut des sourires chaleureux.

Une fois à bord, Monique confirma que Jules et François étaient frères :

– Ils ne parlent pas anglais, mais Lew et moi vous servirons d'interprètes.

François se mit à la barre, et le hors-bord s'éloigna du voilier. Quand ils débouchèrent de la baie, le soleil se levait, teintant le ciel de rose et or. Ils voguèrent un instant en silence, appréciant la beauté du paysage. Puis Jules ouvrit un thermos de café et offrit des croissants à la ronde. L'appétit de Jessica était complètement réveillé. Elle mordit avec bonheur dans la pâte croustillante. Quand chacun se fut régalé, les langues se délièrent.

– J'espère qu'on aura la chance d'approcher des requins marteaux ! lança Lew.

Jessica ouvrit des yeux ronds. Brittany pâlit et bégaya :

– Vous… vous plaisantez, j'espère !

– Pas le moins du monde ! Monique m'a promis…

– En effet, on risque d'en croiser. N'ayez pas peur, on restera à bonne distance !

– Et en ce qui concerne les dauphins ?

demanda Jessica pour se remettre de sa frayeur.

– On n'en verra pas dans cette grotte ! Les tunnels y sont trop étroits pour qu'ils s'y aventurent.

Quand ils eurent gagné le large, le ciel se couvrit. Le temps qu'ils arrivent sur le site de la plongée, il commençait à pleuvoir.

– Peu importe, sous l'eau, on sera mouillés de toute façon, plaisanta Lew.

Puis, les sourcils froncés, il ajouta :

– Du moins, j'espère qu'il ne s'agit que d'une averse… Ce vent ne me dit rien qui vaille. Qu'en penses-tu, Monique, toi qui es du coin ?

Celle-ci observa le ciel, l'air préoccupé, et échangea quelques phrases en français avec ses compagnons.

Ils semblèrent tomber d'accord, car François remit le moteur en marche.

– Hé, pourquoi on repart ? lança Brittany. Je croyais qu'on devait plonger ici !

– Exact, fit Lew. Toutefois, il semble qu'un orage s'annonce. Ce serait imprudent de mettre notre projet à exécution dans de mauvaises conditions climatiques.

– Alors, on fait demi-tour ? ronchonna Brittany.

– Non. On va chercher un abri quelque part et attendre une accalmie. Avec un peu de chance, ça ne durera pas. Dès que la mer sera calmée, on reviendra.

La pluie tombait plus dru ; un vent violent agitait les flots. Le hors-bord, secoué par les vagues, tanguait de plus en plus fort.

– Aïe, j'ai mal au cœur ! gémit Brittany.

– Essaie de penser à autre chose, lui conseilla Jessica. C'est presque fini. Regarde, la côte est en vue.

François longea les rochers et s'engagea dans une baie plus calme. L'eau y était paisible, le vent moins violent, mais la pluie continuait, trempant les passagers.

– On ne débarque pas ? grogna Brittany.

– Où ça ? Il n'y a que des falaises, lui fit remarquer Monique, et ce serait risqué de trop s'en approcher.

– Même si on le pouvait, il n'y a pas d'endroit où nous mettre au sec, enchaîna Lew.

– Excepté la grotte ! dit Monique.

– La grotte ? répéta Jessica.

François et Jules vérifiaient déjà leurs bouteilles de plongée. Étonné, Lew demanda :

– Ils connaissent cet endroit ?

– Oui, confirma la jeune femme. L'entrée de la grotte est par là...

Elle tendit le doigt, et Jessica discerna une ouverture dans la falaise. François prononça quelques mots en français. Monique traduisit :

– Il dit qu'on ne peut y accéder en bateau. Ce n'est pas assez profond pour le hors-bord, mais suffisamment pour des plongeurs. Jules et lui l'ont découverte par hasard. On va jeter l'ancre ici. Autant passer le temps avec une petite visite improvisée...

– Génial ! s'enthousiasma Jessica.

– Bien sûr, ce site est sans doute moins intéressant, fit Lew. Pas de requins marteaux, j'imagine !

– Impeccable ! s'écrièrent les deux filles à l'unisson, provoquant l'hilarité générale.

– Tu verras ton requin marteau un autre jour, Lew, le consola Monique. Aujourd'hui, on devra sans doute se contenter de coquillages...

– OK, allons-y. Jessica, je serai ton partenaire, décida Lew. Monique se charge de ton amie.

– Parfait ! acquiesça Brittany, de meilleure humeur.

On emporte des torches, décréta Monique. Il faut toujours respecter les consignes de sécurité. Brittany, que signifie ce signe ?

– Tout va bien ?

– Exact ! Comment me réponds-tu ?

L'une après l'autre, les deux filles révisèrent les signaux. Ensuite, tous vérifièrent avec soin leur équipement. Bientôt, ils furent prêts.

François et Jules quittèrent le bateau les premiers, en exécutant une roulade arrière depuis le bord. Monique et Brittany les imitèrent. Jessica et Lew furent les derniers à entrer dans l'eau.

Jessica sentit un frisson d'excitation la

parcourir, comme à chaque fois qu'elle explorait l'univers sous-marin. La visibilité, perturbée par le temps, était toutefois suffisante pour que les six plongeurs se voient entre eux. Jules et François avançaient en tête, sans hâte. Jessica, qui nageait derrière Brittany, agitait doucement ses palmes, appréciant cette atmosphère sereine après le désagrément de l'orage.

Ils parvinrent rapidement à l'entrée de la grotte. Elle était assez large pour qu'ils y pénètrent de front. L'intérieur était sombre. Monique et Brittany allumèrent leurs torches pour que leurs compagnons puissent explorer les lieux.

Jessica s'aperçut très vite qu'ils n'étaient pas seuls. Devant elle, une douzaine de silhouettes sombres évoluaient. Des requins ? L'angoisse lui noua le ventre. Deux des ombres se dégagèrent du groupe et nagèrent en direction des plongeurs. Dès que le premier fut pris dans le faisceau de la torche de Monique, la peur de Jessica fit place à la joie : c'était un dauphin-toupie !

« Que font-ils dans cette grotte ? » se demanda Jessica.

Quand les dauphins furent plus près, elle vit que l'un d'eux avait un calamar dans la bouche. Voilà qui répondait à sa question : si la nourriture y était abondante, la grotte constituait un lieu de pêche idéal, un vrai garde-manger !

Le premier dauphin s'éloigna avec sa prise. L'autre tourna autour de Jessica, comme intrigué. Battant doucement des palmes, la jeune fille s'approcha pour examiner sa nageoire dorsale. Elle plissa les paupières… Étoile ! Waouh !

Les deux amis se regardèrent un bon moment, les yeux dans les yeux. Puis Étoile vint plus près, intéressé par les bulles d'air qui s'échappaient de la bouteille. « Eh oui, c'est mon évent à moi. Ça me permet de respirer ! »

Lew vint rejoindre la jeune fille. Tout à sa joie, elle avait oublié la règle qui interdit de s'éloigner de son partenaire. À la vue de Lew, Étoile fit un écart.

– Tout va bien ? demanda Lew par signe.

Elle répondit par l'affirmative et lui désigna Étoile, pointant le doigt une fois vers elle, une fois vers lui pour indiquer qu'elle souhaitait suivre le dauphin. Pas évident de communiquer avec le masque, qui empêche de déchiffrer l'expression de l'interlocuteur ! Toutefois, Lew reçut le message et hocha la tête. Puis, les désignant, lui et elle, il claqua des mains : « OK, mais on reste ensemble ! »

Jessica chercha Étoile des yeux, craignant que l'intrusion de Lew l'ait effrayé. Il nageait en rond, pas très loin, comme s'il l'attendait. Quand les deux plongeurs le rejoignirent, il fit un bond et fila comme une flèche vers la surface.

« Zut, il va trop vite pour moi! se désola Jessica. Est-ce un jeu? Il m'invite à le suivre, ou il se méfie de moi? »

Quand il disparut, le cœur de Jessica se serra: « Je croyais qu'on était amis... »

Lew lui toucha le bras, la pressant de poursuivre leur exploration. Ils s'enfoncèrent dans la cavité, où ils aperçurent Monique et Brittany. Leurs torches allumées, elles examinaient une crevasse dans la roche.

Jessica sentit l'eau s'agiter. Quelqu'un nageait à son côté. Elle tourna la tête, s'attendant à voir Jules ou François. Or, c'était Étoile!

Le dauphin était tout près, flanc contre flanc, comme si la jeune fille était un des siens. « Bien sûr qu'on est amis! Il n'est remonté qu'un instant, le temps de respirer. » Étoile se blottissait contre elle, la regardant d'un œil vif avec cet inimitable sourire propre à son espèce. Avec prudence, Jessica ouvrit la main et caressa l'épiderme doux et lisse. Puis, mue par une impulsion, elle s'accrocha à la nageoire dorsale. Étoile prit de la vitesse, tirant la jeune fille dans son sillage. « Waouh, quelle course ! »

En un clin d'œil, le curieux équipage rejoignit Monique et Brittany. Sentant son coursier mal à l'aise, Jessica le libéra. Étoile vira et alla se poster de l'autre côté de la grotte, à bonne distance des six plongeurs. Toutefois, il continua à observer son amie.

Monique avait déniché un congre, lové dans la crevasse. Attirée par la lumière, l'anguille de mer pointa la tête hors de son repaire.

Soudain, Jules attira leur attention en donnant un coup sur sa bouteille. Il désigna le sol à ses pieds. Au début, Jessica ne distingua rien de plus qu'un mouvement dans le sable. Puis une raie apparut. Elle ne ressemblait en rien au poisson géant qui avait effrayé Brittany. Il s'agissait d'une espèce plus petite, dite aigle de mer. De sa main gantée, Jules l'effleura, et elle se mit à onduler. Jessica sourit : « Ah, si les jumeaux voyaient ça ! On dirait qu'elle se tord de rire quand Jules la chatouille ! »

Peu à peu, ils découvrirent une foule de créatures qui vivaient en ces lieux, nichées dans le sable ou blotties dans des trous et des fissures. Des calamars, des encornets aux coloris changeants, une variété inouïe de coquillages... Des bancs de petits poissons filaient en tous sens ; certains étaient happés par un dauphin affamé.

Jessica notait tout dans sa tête afin de le reporter dans son journal. Cette grotte était l'habitat d'Étoile, au même titre que la baie d'Anaho.

Hélas, Lew lui fit signe qu'il était temps de remonter. Ils évoluèrent sans hâte, équipe par équipe, chacun faisant face à son partenaire. Jessica eut l'impression que l'obscurité croissait : sans doute une illusion due au manque d'habitude. Sitôt parvenue à la surface, après la paix des profondeurs, elle fut surprise par le bruit. Une sorte de rugissement sauvage, en écho au fracas des vagues. Un épais rideau d'eau semblait bloquer l'ouverture de la grotte.

– On dirait que le temps a empiré, lui souffla Lew à l'oreille.

– C'est la tempête, dehors ! cria Brittany. Que va-t-on devenir ?

Les rochers répercutèrent sa voix d'une façon sinistre qui fit frissonner Jessica. Monique s'entretint un instant avec les deux frères, puis elle s'adressa aux filles :

– Pas de panique ! On reste ici jusqu'à ce que ça se calme.

– D'accord, fit Lew. Ce serait trop dangereux de nager dans ces conditions.

– Mais le déjeuner est sur le bateau ! gémit Brittany.

À cette mention, l'estomac de Jessica gargouilla. Les croissants du petit déjeuner étaient loin !

– Pourquoi ne pas replonger ? suggéra Brittany. On est mieux dans la grotte !

– Non, fit Lew. Nos réserves d'oxygène sont insuffisantes…

– Et on doit se reposer un peu, enchaîna Monique.

– Tu parles d'un repos ! persifla Brittany. C'est bruyant, les vagues nous secouent, et je commence à être frigorifiée.

Sachant qu'il ne servait à rien de se plaindre, Jessica cherchait quelque chose de positif à dire quand elle aperçut une silhouette familière. Un bec émergea à la surface, suivi de la tête entière. Étoile apparut à moins d'un mètre d'elle. Puis, un à un, les autres dauphins-toupies surgirent à leur tour.

– Regardez ! s'écria-t-elle d'une voix joyeuse. Les dauphins nous tiennent compagnie !

– Et alors ? maugréa Brittany. Quel intérêt ?

– Pour moi, ça change tout. Leur présence me remonte le moral.

Monique prit la jeune fille par l'épaule :

– Jessica a raison. Je suis très heureuse d'avoir *te ariki o te moana* en renfort !

– Ce n'est pas eux qui vont changer la météo, râla Brittany.

Interpellée par François, Monique tourna le dos à sa partenaire grincheuse. Jessica distingua le mot *tapora.* Ils parlaient des dauphins, seigneurs de la mer. Les deux frères se mirent à rire. « Je suis si heureuse que les Polynésiens les apprécient au point de leur donner ce surnom royal ! » songeait la jeune fille, quand François hurla :

– Jules, attention !

Jessica regarda dans la direction de Jules. Il avait le visage penché sur son masque, qu'il nettoyait. Alerté par le cri de son frère, il leva la tête pour voir une énorme vague arriver droit sur lui. Il battit des bras, essayant de garder son équilibre, mais il était trop tard. La déferlante le projeta contre la falaise.

Horrifiée, Jessica vit sa tête heurter un rocher en saillie. Les autres plongeurs étaient trop loin pour intervenir. Les yeux du jeune homme roulèrent dans leurs orbites. Inconscient, il coula à pic.

10

François se jeta au secours de son frère. Avec l'énergie du désespoir, luttant contre les vagues, il plongea et le hissa à la surface. Jessica étouffa un cri.

Jules, les yeux clos, le visage ensanglanté, gisait comme un poids mort dans les bras de son sauveur.

Lew battit des palmes pour rejoindre François.

– J'ai une formation de sauveteur. Maintiens-le tandis que je l'examine…

– Oh, c'est affreux ! s'écria Brittany.

– Chut ! fit Monique. Je t'en prie, contrôle-toi, ne crie pas si fort !

Les trois filles, folles d'angoisse, attendirent en silence. Enfin, Lew annonça :

– Il est inconscient, mais il respire. Sa blessure à la tête n'est pas trop profonde. Toutefois, une commotion cérébrale est toujours à craindre. Pourvu qu'il revienne vite à lui…

La situation était grave : ils se trouvaient isolés en pleine mer, avec un membre de l'équipe en piteux état. Les minutes s'égrenèrent. Jules ne bougeait pas.

Étoile semblait aussi anxieux que les humains. Il se dirigea d'abord vers Jessica et nagea en rond autour d'elle en émettant des cris perçants.

Puis le dauphin s'immobilisa, se pressant contre les jambes de la jeune fille. Celle-ci le caressa doucement, puisant un peu de réconfort dans la proximité de ce corps massif.

– Je vais bien, lui dit-elle, ne t'inquiète pas. C'est Jules. Il s'est cogné la tête, et on ne sait pas quoi faire.

Parler l'aidait à ne pas claquer des dents. Un instant plus tard, Étoile s'éloigna pour aller tourner autour de Brittany, puis de Monique et de Lew.

« Il nous examine ! réalisa Jessica. Il utilise son sonar pour capter les vibrations qu'on émet. »

Ensuite, Étoile rejoignit François et Jules. Après son inspection, il émit une série de sifflements et de clicks. Les autres dauphins lui répondirent. Amplifié par l'écho, le bruit était assourdissant.

– Arrêtez ! Arrêtez ça ! hurla Brittany, qui, se bouchant les oreilles, éclata en sanglots.

– Chut ! souffla Monique. Ne te rends pas malade, chérie !

– Économise ton souffle, conseilla Jessica à son amie. Tu en auras besoin pour regagner le bateau. Il n'y a pas de quoi pleurer…

– Tu es cinglée ou quoi ? Jules est blessé, on est coincés ici, la situation ne pourrait pas être pire, et tu penses qu'il n'y a pas de quoi pleurer ?

– On n'est pas coincés, la reprit Monique

d'un ton ferme. Dès que le temps s'améliore, on file.

– Et si Jules ne revient pas à lui ?

– On ira chercher des secours, répondit calmement Monique.

Jessica s'aperçut qu'Étoile s'éloignait de l'entrée de la grotte, suivi par sa bande. Son cœur se serra. « Pourquoi nous abandonnent-ils ? » À moins qu'il s'agisse d'un message. Une façon de leur faire comprendre qu'ils devaient, eux aussi, bouger.

– À nous tous, on pourrait traîner Jules ? demanda-t-elle à Monique.

– Pas tant que la mer est grosse, c'est trop risqué. On a besoin d'aide.

– Je retourne au bateau, proposa Lew.

– Non, tu es plus utile à François. J'y vais, moi !

– Ne me laisse pas ! supplia Brittany.

– Il n'en est pas question ! Vous deux, vous venez avec moi !

– Comment ?

– Comme on est venues ! On plonge, et on nage sous l'eau jusqu'au bateau.

– On y arrivera, avec ces vagues ? s'inquiéta Jessica.

– Bien sûr. Il suffit d'être prudentes. D'ailleurs, on n'a pas le choix. Quelqu'un doit appeler les secours...

– Une seconde, fit Lew. Tu n'as jamais barré ce bateau !

– Exact, mais je vous ai observés. En outre, je sais conduire une voiture. Ça ne doit pas être si différent !

– Par ce temps, tu plaisantes ? Et si tu chavires ?

François intervint, et la conversation se poursuivit en français. Pendant ce temps, Jessica scruta les flots. À sa surprise, elle vit qu'Étoile et les autres dauphins se trouvaient encore à proximité. Ils se livraient à leur occupation favorite : virevolter en l'air, avec encore plus d'agilité que d'habitude.

« Pourquoi ? se demanda-t-elle. Je sais qu'ils aiment jouer ; mais Étoile a senti mon anxiété... Cette débauche d'activité a sûrement une signification. Ils cherchent sans doute un moyen de nous sortir de là... Ah, si je pouvais décoder ce message ! »

La voix de Lew interrompit sa réflexion :

– Donc, c'est décidé. Je pars avec les filles, et Monique reste soutenir François...

– Pas question que je plonge sans ma partenaire ! hurla Brittany, hystérique. Si Monique reste, je reste !

Lew et Monique se consultèrent du regard.

– Ma foi, autant que j'y aille seul, en effet, décida Lew. Ici, vous êtes en sécurité.

– Prends soin de toi ! lui recommanda Monique.

Il lui sourit tendrement :

– Ne t'inquiète pas. Si la mer est trop mauvaise, je reviens. J'ai assez d'oxygène pour faire l'aller-retour.

– Je vous accompagne, proposa Jessica, cédant à une impulsion. Comme ça, Monique se fera moins de souci pour vous. Après tout, on est partenaires, hein ?

– C'est gentil, ma belle, mais non merci. François a besoin d'un maximum de soutien, et tu ne seras pas de trop ici.

Jessica allait protester quand elle suivit le regard de Lew. Brittany, pâle comme une morte, tremblait de tous ses membres. Monique lui murmurait des mots d'apaisement, mais la jeune fille, en état de choc, semblait ne rien entendre. Jessica comprit l'allusion de Lew : si son amie devenait hystérique, Monique ne saurait plus où donner de la tête. Mieux valait, en effet, qu'une autre personne reste en renfort.

– OK, j'ai compris ! dit-elle à Lew.

– Je reviens aussi vite que possible, promit-il en vérifiant son équipement.

Il était sur le point de plonger quand…

– Ohé ? Il y a quelqu'un dans cette grotte ?

Une voix puissante au fort accent australien leur parvint soudain, soulignée par le ronflement d'un moteur.

– Oui, hurla Lew ! On est six, et on a besoin d'aide !

– Comptez sur nous ! Comment diable avez-vous convaincu les dauphins ? Ils ont fait le maximum pour attirer notre attention !

Jamais vu un truc pareil ! On s'est approchés pour les filmer…

Lew et Monique échangèrent un regard incrédule tandis que Jessica souriait jusqu'aux oreilles : l'énergie déployée par les dauphins à mi-chemin entre la grotte et le large avait pour but de donner l'alarme !

Le navire restait encore invisible mais la voix, amplifiée par un mégaphone, poursuivit :

– On a vu un bateau à l'ancre, avec personne à bord, et nul endroit où accoster. Déjà, ça nous a alertés, et on a décidé de rester dans les parages. Puis les dauphins ont surgi d'un coup et entamé leur numéro de voltige. C'est en les filmant qu'on a repéré l'entrée d'une grotte. Ils sont partis, maintenant. On a dû les effrayer. Quel est votre problème ? Panne d'oxygène ?

– L'un de nous est blessé, il est inconscient. Il faut le transporter à l'hôpital !

– Tenez bon ! L'ambulance sera là dans très peu de temps !

11

Le 13 février,
dans ma couchette

Étoile et ses amis nous ont sauvés!

Lew, Monique et les autres croient à une coïncidence. Je sais, moi, qu'il n'en est rien! Une chance qu'un yacht australien soit passé dans les parages. Les dauphins savent combien les humains apprécient leurs ébats; ils ont utilisé leur virtuosité pour ralentir le bateau, intriguer *ses passagers et les attirer vers l'entrée de la grotte.*

Les choses auraient pu se terminer aussi bien sans eux, Lew aurait rameuté des secours. N'empêche qu'on a gagné un temps précieux. Les Australiens ont prévenu par radio l'hôpital de Taiohae. À notre arrivée au port, une vraie ambulance attendait Jules, toujours inconscient. L'Étoile bleue était à quai avec les parents et leur ami, le Dr Serval. Maddie nous a chouchoutées, Britt et moi. Papa a décidé de rester à quai cette nuit. Comme ça, demain matin, on ira prendre des nouvelles de Jules.

Je crois que je vais rêver d'Étoile cette nuit. J'aimerais tant pouvoir le remercier, d'une façon ou d'une autre...

La nuit effaça toutes traces de l'orage. Le jour se leva, ensoleillé. Aussitôt après le petit déjeuner, Lew arriva dans une voiture rouge toute cabossée pour les emmener à l'hôpital.

– Il n'y a pas de taxi sur l'île. Par chance, Monique a un ami qui a bien voulu me prêter cette antiquité. Vous serez à l'étroit, mais ce n'est pas très loin.

Jessica s'installa à l'arrière avec ses parents. Quand Lew mit le contact, elle s'aperçut que Brittany manquait.

– Attendez une seconde ! Britt n'est pas là !

Elle ne vient pas, dit Gina. Elle ne se sent pas bien.

En y songeant, Jessica se dit qu'en effet la jeune fille était pâlotte et n'avait rien mangé.

– Pourvu qu'elle n'ait pas attrapé une pneumonie !

– À mon avis, c'est plutôt le contrecoup de la journée d'hier, diagnostiqua son père. D'ailleurs, je suis surpris de te voir aussi en forme, ma grande ! Tu n'as pas eu la trouille de ta vie ?

– Eh bien, pour être franche, si. Du moins, j'étais inquiète et je me faisais du souci surtout pour Jules. Sinon, je ne doutais pas qu'on s'en sortirait, à condition de ne pas paniquer. Tu m'as appris ça pour la plongée, tu te souviens, ne jamais perdre son sang-froid. Et puis, la présence d'Étoile me réconfortait. Je savais qu'il veillerait sur moi !

– Et tu avais raison ! lui dit sa mère en la serrant contre elle.

À l'hôpital, ils furent accueillis par une jeune femme souriante, qui les conduisit à la chambre de Jules. Jessica se réjouit de le trouver éveillé. Malgré son bandage à la tête et des cernes sombres sous les yeux, il avait plutôt bonne mine. François était assis à son chevet, accompagné d'une femme aux formes opulentes, vêtue d'une robe à fleurs.

– Mama Tahia, expliqua Lew, la mère de Jules et François.

– On a apporté des magazines à notre ami, annonça Sam. Ils sont en anglais ; il devra se contenter de regarder les images ! Les jumeaux ont ajouté des bandes dessinées. Le Dr Taylor a offert une de ses revues d'ornithologie.

Lew traduisit, amenant un sourire sur les lèvres de Jules. Il hocha la tête avec enthousiasme, puis grimaça de douleur. Sa mère le gronda et lança un regard sévère aux visiteurs.

– Euh… elle nous trouve un peu envahissants. Elle préférerait qu'on s'en aille, fit Lew, contrit.

– Elle a sans doute raison, intervint Gina. Laissons-le se reposer.

Ils déposèrent leurs derniers cadeaux : un T-shirt *Planète Cétacés*, une grosse barre chocolatée et une bouteille de limonade. Puis, après un au revoir rapide, ils quittèrent la chambre.

– Il va s'en remettre ? s'inquiéta Jessica, une fois dans le couloir.

– Sans problème, la rassura Lew. On le garde ici vingt-quatre heures en observation, au cas où… Et il doit s'abstenir de plonger pendant une semaine ou deux.

– Comment va se débrouiller le *Zelda* sans lui ? Vous attendrez son retour ?

– Pas question ! Le capitaine nous a accordé une journée de liberté, pas plus. Dès demain, au boulot !

– Ce qui ne va pas être évident, avec un plongeur de moins, nota Craig.

– À vrai dire, c'est pire que ça ! Deux membres d'équipage souffrent d'une intoxication alimentaire. Ce qui signifie que je vais devoir piloter un des hors-bord, au lieu de plonger. J'ai bien essayé de trouver un plongeur expérimenté, sans succès. Demain, il n'y aura que Monique et François pour veiller à la sécurité des dauphins. Souhaitons qu'il n'y ait pas de problème !

Lew se grattait le crâne, la mine soucieuse. Jessica sentit l'inquiétude la gagner. Le capitaine aurait dû attendre un peu… À moins que… Oui !

– Lew, lança-t-elle, ravie de son idée, moi, je peux vous aider !

– Ah bon ? Tu connais un plongeur local dont j'ignorerais l'existence ?

– Moi ! J'adore les dauphins ! Je veux participer, je suis expérimentée. Laissez-moi plonger à votre place !

– Il n'en est pas question ! tonna son père.

– Pourquoi ? J'en suis capable ! Je saurai guider les dauphins hors du filet. Je t'en supplie !

– C’est beaucoup trop dangereux, fit remarquer sa mère d’un ton apaisant.

– Dangereux, les dauphins ? Et c’est *toi* qui prétends ça ? Je rêve !

Sentant la fureur de Jessica, Lew prit le relais :

– En effet, ils peuvent devenir dangereux s’ils paniquent... Parfois, ils perdent la tête, et saccagent tout, à l’aveuglette. Certains plongeurs ont été blessés. Quoi qu’il en soit, je te remercie de ton offre. C’est super gentil à toi. Tu *es* une excellente plongeuse, mais ta maman a raison, c’est risqué. Ne t’inquiète pas ! À deux...

– À trois, le coupa Sam. Si votre capitaine veut bien de moi.

Tous le dévisagèrent, interloqués.

– J’ignorais que tu étais un spécialiste de la plongée ! fit Craig.

– Ce n’est pas le cas. En revanche, je sais conduire un hors-bord – ce qui libérerait Lew !

Ce dernier, un sourire jusqu’aux oreilles, tapa sur l’épaule de Sam :

– Merci, mon pote !

– Y'a pas de quoi ! Ce sera un plaisir pour moi… euh, bien sûr… si mes patrons m'y autorisent !

– Permission accordée ! fit Gina. On ne bouge pas demain.

Jessica éprouvait des sentiments contradictoires. Elle était à la fois rassurée de savoir que Lew pourrait exécuter son job de sauveteur, et en même temps déçue de ne pas participer.

– Si vous avez un instant, dit Lew, je vais en parler au capitaine Franklin. À l'heure qu'il est, je crois savoir où le trouver…

– Sans problème, acquiesça Craig. On avait prévu de rester plus longtemps à l'hôpital, mais Mama Tahia est une femme implacable !

Il haussa les épaules, mimant un môme privé de dessert, ce qui allégea l'atmosphère et fit rire tout le monde.

12

Ils remontèrent dans la petite voiture rouge et Lew emprunta la rue principale de Taiohae. Puis il tourna dans une avenue paisible bordée de palmiers, de massifs fleuris et de jolies maisons.

Lew ralentit et s'arrêta devant une demeure peinte en rose, ombragée par des bananiers au feuillage lustré.

Une véranda ornait la façade. Jessica y aperçut deux hommes occupés à jouer aux échecs.

– Hello, capitaine ! lança Lew.

L'un des joueurs se tourna vers eux et se leva. Il était élancé et costaud, avec le teint basané et des cheveux grisonnants.

– Salut, Lewis ! Un problème ? s'enquit-il de cette voix traînante des gens du Sud.

– Non, au contraire !

Lew présenta ses compagnons. Gus Franklin introduisit à son tour son partenaire :

– Voici Maurice, le meilleur stratège de Nuku Hiva !

Celui-ci leur proposa des rafraîchissements.

– Non, merci, déclina Lew. On ne va pas s'attarder. Je voulais simplement annoncer au capitaine que j'avais un volontaire pour piloter le hors-bord demain. Si vous êtes d'accord, je me chargerai de la plongée.

– Je parie qu'il s'agit de Sam Tucker, devina Gus. Lew n'arrête pas de radoter au sujet de son vieux pote de lycée !

Rougissant, Sam gloussa :

– J'espère qu'il ne dit pas trop de mal de moi !

– Oh, que non ! Je serai ravi de vous accueillir à bord demain matin. Hum...

j'imagine que les autres ne se portent pas volontaires ?

– Si, moi, j'aimerais vous aider ! lança Jessica.

Devant le regard étonné du capitaine, elle précisa :

– J'espérais pouvoir remplacer Jules, mais Lew trouve ça trop risqué.

– Il a raison. Je suis sûr que tes parents s'y opposeraient ; moi aussi, d'ailleurs.

– Je sais. Y a-t-il autre chose que je puisse faire pour me rendre utile ?

– Ma foi… As-tu une bonne vue ?

– Bien sûr ! Pourquoi cette question ?

– Quand on est en mer, elle est toujours la première à repérer les dauphins, indiqua Sam.

– Ah bon ? Et tu n'as pas le vertige ?

Ne voyant toujours pas où il voulait en venir, Jessica secoua la tête. Le capitaine s'adressa à Craig et Gina :

– Puis-je vous emprunter votre fille demain ? Je la garderais volontiers comme membre d'équipage, mais j'imagine que vous souhaitez la récupérer !

– Elle peut vous rendre service ? s'enquit Craig.

– Oui. Pat Takita, mon meilleur guetteur, est au lit avec une intoxication alimentaire. Je l'aurais bien remplacé, mais ma vue n'est plus ce qu'elle était. Il nous faut plusieurs paires de bons yeux pour détecter la présence de dauphins. C'est encore mieux si on tombe sur des thons isolés : on ne court pas le risque de prendre des dauphins dans nos filets. Hélas, ce n'est pas toujours aussi simple…

– Oh, Maman, je peux ? supplia Jessica.

Ses parents se consultèrent du regard, puis Craig tendit la main à Gus Franklin :

– OK, je vous prête notre vigie numéro un. À condition que vous la rameniez entière en fin de journée !

Le 14 février, à midi

Le Dr Olivier Serval est à bord. On vient de quitter Taiohae pour se diriger vers la baie d'Anaho. Maddie travaille avec les parents, aussi n'a-t-on pas cours. Et demain...

Je n'avais pas réalisé que c'était la Saint-Valentin jusqu'à ce que je reçoive une carte fabuleuse de Lindsay par e-mail. Je lui ai aussitôt répondu en lui jurant que je ne l'oubliais pas. Même à des milliers de kilomètres, elle reste ma meilleure amie. Je lui ai parlé de nos aventures d'hier et d'Étoile, bien sûr, en promettant de la tenir au courant de mon job de vigie intérimaire. Waouh, j'en ai des fourmis dans les jambes, je ne tiens pas en place !

Incapable d'écrire plus longtemps, Jessica rangea son journal. Elle vit Brittany penchée sur son ordinateur portable. Sa mère le lui avait envoyé pour Noël, et c'était unc bénédiction pour les deux filles. Désormais, chacune était équipée en informatique, ce qui limitait les causes de dispute.

– Hé, Britt ? fit-elle.

– Quoi ? répondit la jeune fille sans lever les yeux de son écran.

– Je me demandais… Si le capitaine est d'accord, ça te dirait de venir sur le *Zelda* avec Sam et moi ?

– Merci, c'est gentil. Mais je préfère rester. Comment veux-tu que je me rende utile après m'être conduite hier comme une poule mouillée ?

– Pas du tout !

– Tu parles ! Écoute ça !

Elle se mit à caqueter et glousser en agitant les bras, tel un poulet affolé, ce qui fit rire Jessica.

– Ça aurait pu arriver à n'importe qui ! J'avais aussi la trouille, tu sais !

– Peut-être, mais tu n'as pas pété les plombs. Moi, j'ai complètement disjoncté. Si les Australiens n'étaient pas intervenus, j'aurais été incapable de retourner au bateau ! Je commençais à penser que je ne pourrais plus jamais plonger. J'en ai parlé à papa hier. Tu sais ce qu'il m'a dit ?

Jessica secoua la tête.

– Eh bien, il a confirmé que la mer est dangereuse. Peu importe que tu sois fort ou expérimenté, elle est toujours plus forte que toi, et sa puissance n'est pas contrôlable. D'après lui, c'est normal, d'avoir peur. Ça lui arrive à lui aussi, parfois. Simplement, il tente de maîtriser ses émotions et d'agir au mieux.

– Ça alors !

– Jusque-là, je n'avais pas pensé qu'on pouvait s'entraîner au courage. Papa affirme que ce qui compte, c'est de ne pas abandonner. Il m'a conseillé de plonger pour me prouver que j'en suis capable. J'en ai parlé à ta maman. Cet après-midi, on va plonger toutes les deux dans la baie.

– Génial ! Je suis sûre que ça va marcher !

– Je l'espère ! Sinon, il faut souhaiter que la SPA recueille les poules mouillées à l'orgueil blessé !

Les deux filles rirent de bon cœur, ravies de leur nouvelle complicité. Puis Brittany se remit à son ordinateur, et Jessica monta sur le pont. Elle se trouvait dans la coursive quand les jumeaux poussèrent un cri :

– Venez voir ! Démon est dans la baie !

Jessica courut les rejoindre. En effet, la raie géante glissait le long du voilier, telle une vieille amie venue les saluer.

– Demande à maman si on peut nager, ordonna Jimmy à son frère.

Le soleil était chaud, et l'idée de quelques brasses dans l'eau fraîche tenta Jessica. Elle promit à sa mère de surveiller les jumeaux et courut chercher son maillot de bain.

– Je viens aussi, annonça Brittany en fermant son ordinateur.

– Super ! Euh... Les jumeaux sont excités comme des puces parce que la raie géante est de retour !

– Ah, zut ! Oh, après tout, elle est inoffensive, hein ? Allez, première leçon de courage !

Quelques instants plus tard, ils évoluaient dans l'eau limpide. Pour une fois, les jumeaux, captivés par Démon, ne poussaient pas de cris de Sioux. En dépit de son apparence monstrueuse, le poisson avait quelque chose de doux, de vaporeux, comme un ange qui aurait décidé de faire un petit tour en ce bas monde.

Les jumeaux se risquèrent à le caresser, et il se laissa faire. Puis il fila, entraînant les garçons, qui avaient réussi à s'agripper à son corps visqueux. Ils riaient comme des fous, ravis, quand la raie plongea.

Paniquée, Jessica nagea à toute allure dans leur direction. Mais, déjà, les jumeaux remontaient, essoufflés, et enchantés de s'être trouvés, eux aussi, un ami marin.

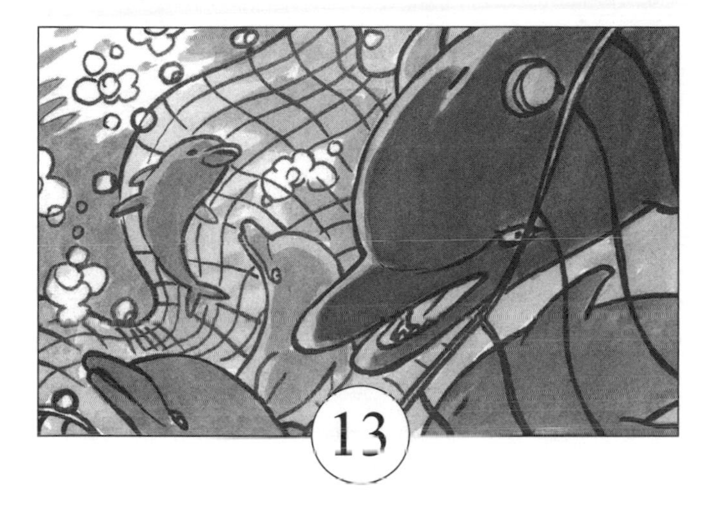

13

Le 15 février au matin,
à bord du Zelda

J'ai une vue fabuleuse depuis mon poste de vigie. Nuku Hiva a disparu dans le lointain. Il n'y a que du bleu partout. J'ai l'impression de flotter dans le ciel!

Je m'étais imaginé une sorte de panier en haut d'un mât, où je serais montée à l'aide d'une échelle de corde, comme dans *l'ancien temps. Pas du tout! Ici, il s'agit d'une cabine en haut d'une tour. C'est un peu comme un phare, avec des fenêtres partout, ou encore le cockpit d'un avion. C'est l'un des centres de contrôle du thonier. Le capitaine Franklin est là aussi, avec son ordinateur, des cartes marines, un écran-radar, une radio à ondes courtes et un interphone. Dès qu'on repère un groupe de dauphins, il alerte l'équipage. Bon, assez écrit, au boulot!*

Ils étaient encore trop près du rivage pour croiser des thons, mais Jessica ne voulait rien laisser au hasard. Elle prit ses jumelles, fit le point, et observa les flots droit devant elle. Puis elle regarda le ciel, en quête d'oiseaux. Elle pivota sur elle-même, effectuant un tour complet, de nouveau focalisée sur les vagues. Elle voulait être la première à apercevoir les dauphins, mais elle avait de la concurrence. Outre le capitaine et son équipement sophistiqué, deux membres de l'équipage scrutaient également les flots. Un jeune Américain nommé Marshall et un insulaire, Kae.

– Hé, Jessica, tu connais le système de l'horloge ? l'interpella Marshall.

– Pour localiser les dauphins ? Oui. On imagine qu'on est au centre d'une horloge géante et on utilise les heures pour expliquer aux autres où regarder.

– Parfait ! En ce cas, tu sais ce que cela signifie si je t'annonce « houle à trois heures ».

Tous pivotèrent à droite. Même le capitaine abandonna son ordinateur pour ses jumelles. Jessica repéra l'endroit indiqué. Oui, il y avait quelque chose, sous la surface, qui agitait l'eau, créant des tourbillons. Puis elle vit en surgir comme un léger nuage de fumée :

– Hé, ça ressemble au « souffle » d'une baleine ! s'écria-t-elle.

– Exact ! approuva Kae.

Ce n'était pas ce qu'ils cherchaient, mais Jessica, excitée, continua à regarder dans cette direction. À part le souffle, on ne voyait rien de la baleine, et bientôt la houle s'évanouit. Ce fut le seul événement de la matinée. À midi, Lew et Sam vinrent relayer Marshall et Kae. Ils avaient apporté des sandwiches et un thermos de café pour le capitaine.

– Descends avec eux, proposa Franklin. Ils t'expliqueront où est servi le déjeuner.

– Merci, mais je préfère rester !

Amusé, Sam cogna du poing dans les côtes de Lew :

– Hein, je t'avais prévenu ! Jess, je lui ai juré que tu n'abandonnes jamais ! D'ailleurs, je t'ai apporté des sandwiches, à toi aussi.

– Sympa ! J'ai quand même un peu faim.

Tout en mordant dans son sandwich au fromage, elle poursuivit son observation. Soudain, quelque chose attira son attention. Elle fit le point, regarda mieux. Oui, ça bougeait à fleur de vagues, des corps luisants en mouvement.

– Dauphins ! Dauphins-toupies à dix heures ! cria-t-elle.

Lew confirma. Le capitaine ouvrit son micro et donna l'ordre à ses hommes de se tenir prêts à descendre les hors-bord.

– Génial, ça veut dire que j'ai du boulot ! s'exclama Sam avant de filer.

– Et maintenant, on fait quoi ? se renseigna Jessica.

– Les hors-bord vont encercler les dauphins et les diriger vers le *Zelda*, répondit Lew. Ensuite, la yole sera descendue depuis la poupe. C'est une embarcation plate, étroite et lourde, qui remorque le filet. Elle va se déplacer en un grand cercle, jetant le filet autour des dauphins et des thons…

– Et c'est à ce moment que les plongeurs viennent à l'aide des dauphins ?

– Non, pas tout de suite. Une fois le cercle bouclé, un câble referme le filet sous l'eau, tu sais, comme un cordon qui resserre un énorme sac. Il ménage une ouverture vers le haut, là où se trouvent en général les dauphins. Tandis que les thons, au fond, restent prisonniers. C'est alors qu'on intervient afin de s'assurer qu'aucun dauphin n'a été pris au piège et qu'ils peuvent s'échapper sans problème. Ensuite, le capitaine donne l'ordre au *Zelda* d'effectuer une marche arrière, afin de tirer le filet en l'éloignant des dauphins qui nageraient alentour.

– Tu vas vérifier ça de tes propres yeux, intervint le capitaine. Tu es la mieux placée de tout le bâtiment. Regarde, les hors-bord sont de sortie.

En effet, Jessica vit filer les bateaux, Sam à la barre de l'un d'eux. Bien que sachant les pilotes vigilants et attentionnés, elle ne put s'empêcher de frémir. « Pauvres dauphins, ils doivent être morts de peur ! Même si ça ne dure pas longtemps, quelle angoisse ! On devrait inventer un autre moyen de pêcher le thon, sans effrayer mes amis, ni risquer de les blesser ! »

L'œil rivé à ses jumelles, elle constata que le groupe de dauphins était important – plusieurs centaines !

L'un d'eux sautait plus haut que les autres. À cette distance, il lui était impossible de vérifier. « Pourvu que ce ne soit pas Étoile ! » pensa-t-elle.

Elle avait des fourmis dans les jambes, se sentant incapable de rester perchée là-haut, loin du lieu de l'action. Si jamais Étoile faisait partie du lot, elle voulait être près de lui.

– Capitaine, l'équipage des hors-bord s'assure que rien de mal n'arrive aux dauphins ?

– Absolument. Mes hommes leur indiquent la bonne direction pour sortir du filet. Si l'un d'eux leur paraît en difficulté, ils alertent les plongeurs. Une paire d'yeux supplémentaire ne serait pas du luxe. Je parie que tu brûles de rejoindre Sam, hein ?

– Je peux ? Oh oui, merci !

Sur ordre du capitaine, Sam vint embarquer sa passagère. Monique était à bord. Lew et François contrôlaient l'autre extrémité de l'immense filet.

Le soleil déclinait. Ses rayons étaient réverbérés par les flots. Quand ils atteignirent les bouées qui marquaient la pointe du filet,

Sam coupa les gaz. Le cœur de Jessica fit un bond à la vue de tous les dauphins, serrés les uns contre les autres, à l'intérieur du maillage. Ils sifflaient, émettaient des « clicks » anxieux, s'interrogeant sur la conduite à tenir.

Les tursiops et les dauphins-toupies ne réagissaient pas de la même façon. Ces derniers avaient formé un large cercle – femelles et petits au centre, immobiles, la tête hors de l'eau pour respirer. Les mâles montaient la garde autour, nageant en rond pour assurer la sécurité des plus faibles. Jessica, la gorge serrée, observait avec admiration leur stratégie solidaire. Soudain, elle repéra une nageoire dorsale à la marque familière.

– Étoile !

– C'est le dauphin qui vous a tirés du piège de la grotte ? s'enquit Sam.

– Oui ! Il nous a sauvés, et maintenant le voici pris au piège à son tour !

– Pas pour longtemps, la rassura Monique. Étoile est fort bien placé pour se libérer dès que le filet va plonger. En plus, tu vois, il aide son groupe à garder son calme.

– Sacrément futé, l'animal ! siffla Sam.

– Un animal génial, tu veux dire ! répliqua Jessica, histoire de se remonter le moral. Les autres dauphins n'ont pas la chance d'avoir un ange gardien comme lui.

– Pour l'instant, nos amis semblent avoir compris que la meilleure tactique consistait à attendre, tranquillement, en surface, dit Monique. Cette mésaventure a déjà dû leur arriver, et ils ont retenu la leçon. Seuls les delphineaux ou les néophytes qui se débattent courent un risque. Ce sont eux qu'on doit protéger.

Elle ajusta son masque et annonça :

– J'y vais !

– Bonne chance ! lui cria Jessica.

Monique leva le pouce avant de basculer dans l'eau. Sam la suivit des yeux et marmonna, perplexe :

– Une chose m'étonne. J'ai vu ces dauphins sauter. Pourquoi ne le font-ils pas maintenant ? La seule chose qui les retient à l'intérieur du filet est cet alignement de flotteurs. La hauteur à franchir ne dépasse pas quarante centimètres, une misère !

– Je ne sais pas, avoua Jessica. En tout cas, ils n'essaient pas. Selon maman, ils possèdent un instinct qui les pousse à se méfier des objets. Ils doivent s'imaginer que, s'ils sautent par-dessus les flotteurs, ils vont être piégés !

– Zut, c'est embêtant ! D'ailleurs, j'ai l'impression que Monique vient d'arriver à la même conclusion.

En effet, la jeune femme avait guidé les dauphins groupés au fond vers une large ouverture ménagée dans le filet. Les cétacés ne semblaient pas comprendre qu'elle constituait une issue. Ils nageaient droit dessus pour virer au dernier moment. À croire qu'un champ magnétique les forçait à rester à l'intérieur. Devant les efforts déployés en vain par Monique, Jessica grommela de frustration.

– Il suffirait que l'un d'entre eux sorte

pour que le reste suive. Étoile en serait capable, mais lui est en surface !

Soudain, elle s'aperçut de quelque chose d'anormal. D'habitude, un plongeur est auréolé de bulles ; or, il n'y en avait pas la moindre dans le sillage de Monique ! D'ailleurs, la jeune femme commençait à remonter. Quand sa tête émergea, elle arracha son tuba et haleta :

– Je ne pouvais plus respirer. Mon équipement est en panne !

Sam et Jessica hissèrent la jeune femme à bord. Elle ôta ses bouteilles et examina le conduit.

– Non, il n'est pas bouché, je n'y comprends rien !

– J'ai trouvé le problème, annonça Sam. Le régulateur est cassé !

– Tu pourrais le réparer ?

– Je ne vois pas comment... Il en faudrait un autre...

– On n'a pas le temps ! s'écria Jessica. Les dauphins ont besoin de Monique maintenant !

– Je vais téléphoner à Mack, le pilote de l'autre hors-bord, décida Sam. Lew ou François pourrait venir à la rescousse !

– Ils sont trop loin, dit Monique. Je vais m'y prendre autrement.

Tout en parlant, elle ôtait sa combinaison de plongée.

– Comment ça ? fit Jessica.

– À l'ancienne ! Sur l'île, on a l'habitude !

Elle ajusta son masque, remplit ses poumons et plongea. Jessica constata qu'elle était plus agile sans son équipement. Elle nagea en cercle autour des dauphins, agitant les bras et les chassant gentiment. Ils obéirent. Le plan semblait fonctionner. Jessica retint son souffle. « Oh, non ! » À la dernière seconde, les quatre dauphins changèrent d'avis et s'égaillèrent dans tous les sens, s'éloignant à la fois de l'issue de secours et de la surface !

Monique remonta respirer et replongea aussitôt. Jessica sursauta quand le téléphone de Sam grésilla.

– Oui ?

Il écouta un instant, les sourcils froncés.

– Non, on n'est pas prêts. Il en reste quatre au fond. Monique fait le maximum... Trois minutes ? Ouais, j'espère... Hum..., oui, je comprends ! Je vous préviens dès que c'est bon !

– Un problème ? s'inquiéta Jessica.

– Le reste du filet est dégagé. Le capitaine voudrait agir vite.

– Mais tu lui as dit qu'il en restait de ce côté...

– L'ennui, c'est que François et Lew ont eu du mal aussi. Leurs rescapés sont très nerveux. Si on attend trop longtemps, ils risquent de paniquer et de plonger de nouveau dans le piège !

Jessica se mordit la lèvre, accablée et impuissante. Elle tourna les yeux vers Étoile, qui continuait à protéger son troupeau. Elle le regarda intensément pour attirer son attention et commença à siffler. Étoile se tourna dans sa direction.

– Je t'en supplie, Étoile, aide-nous ! murmura-t-elle.

Le dauphin-toupie émit une série de clicks, vira et fonça comme une flèche vers le fond. Là, avec fureur, il chargea ses congénères, leur assenant de vigoureux coups de queue.

Apeurés, ils se blottirent les uns contre les autres. Étoile se glissa sous le troupeau et, à force d'impérieux coups de bec, les poussa à remonter.

Monique vint reprendre souffle, mais Jessica ne quittait pas Étoile du regard. Son attitude était si agressive que les autres dauphins avaient oublié leur peur du filet et du bateau. Pour l'instant du moins, ils se trouvaient tous en terrain sûr.

Sam ne perdit pas une seconde et envoya son signal. Jessica aidait Monique à grimper à bord quand le moteur du *Zelda* se mit à rugir. Le thonier recula, tirant la ligne de flotteurs sous la surface.

Aussitôt, Étoile en tête, les dauphins bondirent vers la liberté. Les plus lents à réagir, poussés par la vague créée par le mouvement du bateau, furent expulsés vers le large.

La gorge nouée par l'émotion, Jessica les regarda filer, bondissant et nageant à toute allure. L'un d'entre eux sauta plus haut que les autres, son corps irisé étincelant dans la lumière.

– Bien joué, Étoile ! murmura Jessica, les yeux emplis de larmes de joie. Encore merci ! Tu es vraiment une star...

Monique marmonnait aussi dans sa langue. Jessica entendit les mots *te ariki o te moana*.

Elle devina que la jeune femme louait comme elle les seigneurs de la mer, de nouveau maîtres de leur royaume.

Le 19 février,
dans ma couchette.

On repart demain. Cet après-midi, j'ai nagé une dernière fois avec Étoile. C'était absolument génial. Je l'ai serré dans mes bras avant de le quitter. A-t-il compris qu'il s'agissait d'un adieu ?

On a dîné sur le pont pour profiter de nos amis jusqu'à la dernière minute. Maman les a filmés ; j'ai pris des photos. Au moins, on aura un souvenir.

Étoile a quitté la baie le dernier. Tout l'équipage a applaudi en criant « bravo ! ». Il a sifflé en réponse, bondi et virevolté dans le soleil couchant, neuf tours complets !

Étoile, te ariki o te moana, Prince des mers, je ne t'oublierai jamais !

FIN

EXTRAIT

Et voici une autre aventure
de Jessica et l'équipage de l'*Étoile bleue*
dans

UN NOUVEAU DÉFI

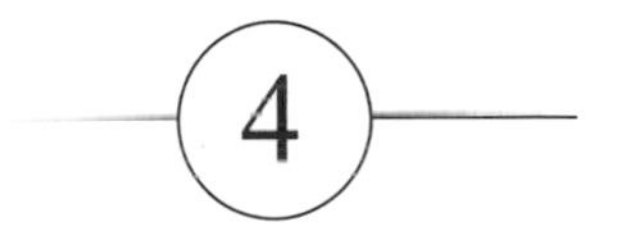

Le 26 novembre, après-midi

En route pour San Sebastian. M. Davis veut s'assurer que le bateau est prêt pour la balade d'observation des baleines, prévue demain.

Maintenant que Lauren a trouvé son sujet, je dois démarrer mon projet à moi. Mario m'a parlé des baleines-pilotes, très nombreuses ici. J'ai consulté mon guide, et devinez quoi?

Les baleines-pilotes sont, en fait, des dauphins! Pourvu qu'on en croise demain et que je puisse les filmer!

Jessica pensait qu'ils se rendraient au terminal du ferry, mais Gavin Davis obliqua vers un bâtiment blanc. Une plaque en plusieurs langues indiquait que c'était le Centre de réhabilitation marine de Santa Cruz.

– C'est quoi, ce truc ? demanda Brittany.

– Entrons, vous verrez bien !

Intriguées, les trois filles suivirent les Davis. Ils pénétrèrent dans un bureau où se trouvait un homme élancé. À la vue de ses visiteurs, son visage s'illumina, et il bondit de son fauteuil :

– Gavin ! Mon vieux pote !

Il embrassa Janet sur les deux joues avant de s'accroupir devant Hal :

– Salut, bonhomme ! Je suis José !

– Toi, homme-baleine ? fit l'enfant.

– Homme-baleine ? Gavin, quelles sornettes lui as-tu racontées sur moi ?

– Simplement que tu allais nous accompagner pour observer les baleines. J'espère que tu ne vas pas me faire passer pour un menteur !

– Toujours à votre service, M'sieur ! Et, dis-moi, qui sont ces jeunes filles ?

Gavin Davis présenta Jessica, Lauren et Brittany avant de leur expliquer :

– José Gonzalez est un vieil ami. On se connaît depuis l'université. C'est un expert de la vie sauvage à Gomera, où il a ouvert ce centre voici quelques années.

– Ça sert à quoi ? demanda Lauren.

– À soigner les animaux marins en détresse, y compris les oiseaux. On nous appelle, ou bien ce sont les gens qui nous amènent un animal blessé. On les chouchoute le mieux possible avant de les relâcher dans leur élément naturel. Tenez, jugez par vous-mêmes.

Il les conduisit dans un vaste espace empli de cages diverses.

EXTRAIT

Découvre vite la suite de cette histoire
dans
UN NOUVEAU DÉFI
N° 507 de la série

501. Une belle amitié
502. Une histoire d'amour
503. Une chasse au trésor
504. Une naissance difficile
505. Prisonniers
506. Le fleuve enchanté
507. Un nouveau défi
508. Le prince des mers
509. Disparitions mystérieuses

Imprimé en R.F.A par Clausen & Bosse